HISTOIRE

DE M. LE MARQUIS

DE CRESSY,

TRADUITE DE L'ANGLOIS

PAR MADAME DE ***.

A AMSTERDAM.

M. DCC. LVIII.

HISTOIRE
DE M. LE MARQUIS
DE CRESSY,
TRADUITE DE L'ANGLOIS
PAR MADAME DE ***.

Monsieur le Maréchal Duc
de L.... ayant glorieuſement ter-
miné la guerre de 1***, revint à
la Cour ſuivi d'une brillante jeuneſſe, qui partageoit avec lui l'honneur des victoires que cet habile
Général avoit remportées.

Parmi ceux qui s'étoient diſtin-
gués ſous ſes ordres, le Marquis
de Creſſy, par une attention par-
ticuliere du Maréchal qui l'aimoit,
avoit eu occaſion de montrer ce

A

que peuvent le zele, le courage &
la fermeté dans le cœur d'un Fran-
çois; heureux si des qualités si no-
bles eussent pris leur source dans
l'amour de la patrie, & dans cette
généreuse émulation naturelle aux
belles ames, plûtôt que dans un
desir ardent de s'avancer, d'effacer
les autres, & de parvenir à la plus
haute fortune.

Le Marquis entroit dans sa vingt-
huitieme année, lorsqu'il reparut
à la Cour après six ans d'absence.
Il étoit maître de lui-même; assez
riche, si ses desirs eussent été mo-
dérés; mais dominé par l'ambition,
le bien de ses peres ne pouvoit
suffire à l'état qu'il avoit pris; il
songea à le soutenir, même à l'augmenter; une grande naissance, une
figure charmante, mille talens, une
humeur complaisante, l'air doux,
le cœur faux, beaucoup de finesse
dans l'esprit, l'art de cacher des

vices , & de connoître le foible d'autrui, fondoient fes efpérances : elles ne furent point déçûes Un tel caractere réuffit prefque toujours. L'aparence des vertus eft bien plus féduifante que les vertus même ; & celui qui feint de les avoir, a bien de l'avantage fur celui qui les poffede.

Le Marquis de Creffy devint en peu de tems l'admiration des deux fexes. Les hommes rechercherent fon amitié, & les femmes défirerent fa tendreffe ; mais celles qui tenterent de l'engager , trouverent dans fon cœur une barriere difficile à forcer. De toutes les paffions, l'intérêt eft celle qui cede le moins aux attaques du plaifir.

Le Marquis réfifta long-tems aux douceurs qui lui étoient offertes, même à fa vanité. Le titre envié d'homme à bonne fortune, le toucha bien moins que l'efpoir d'une alliance , qu'une conduite fage pouvoit lui procurer. Sans pénétrer fes deffeins , on vit fon indifférence ; & le peu de fuccès ayant rebuté les femmes qui ne vouloient que plaire, la difficulté anima celles dont l'ame tendre, les defirs timides & reglés par la décence, fembloient dignes de vaincre la réfiftance d'un homme qui paroiffoit fait pour rendre heureufe celle qui parviendroit à toucher fon cœur.

Madame la Comteffe de Raifel & Mademoifelle du Bugei, furent de ces dernieres. La Comteffe, veuve depuis deux ans d'un mari qu'elle n'avoit pû aimer, dont l'âge avancé & l'humeur fâcheufe ne lui avoient fait connoître le mariage que par fes dégoûts, fembloit s'être deftinée à vivre libre. Elle avoit près de vingt-fix ans ; fa taille étoit haute & majeftueufe, fes yeux pleins d'efprit & de feu, une phyfionomie

ouverte annonçoit la nobleſſe &
la candeur de ſon ame ; la bonté,
la douceur & la généroſité, formoient le fond de ſon caractere ;
incapable de feindre, elle l'étoit
auſſi de concevoir la plus legere
défiance. Il étoit difficile de lui inſpirer de l'amitié ; mais quand elle
aimoit, elle aimoit ſi bien, qu'il
falloit mériter ſa haine pour la ramener à l'indifférence. Une naiſſance illuſtre, une fortune immenſe,
étoient les moindres avantages
qu'une femme telle que Madame
de Raiſel put offrir à l'heureux
époux qu'elle daigneroit choiſir.

Adelaïde du Bugei n'avoit guere plus de ſeize ans ; tout ce que la
jeuneſſe peut donner de fraîcheur
& d'agrément, étoit répandu dans
ſes traits & ſur toute ſa perſonne ;
ſon eſprit naturellement vif & perçant, avoit encore ce charme inexprimable que donnent l'innocence

A iij

& l'ingénuité. Elle n'avoit plus de
mere. M. du Bugei qui la chérif-
foit, venoit de la retirer de Chelles où elle avoit été élevée ; quoique son bien ne fût pas confidéra-
ble, la plus grande partie de celui
de son pere confiftant en bienfaits
du Roi, l'ancienneté de fa maifon,
les fervices de fes ayeux, fon mérite & fa beauté, pouvoient lui pro-
mettre un fort bien différent de celui dont l'intérét & l'amour la ren-
dirent la trifte victime.

Telles étoient les deux perfonnes dont M. de Creffy fit naître
les premiers fentimens. Elles étoient
alliées, & l'amitié les uniffoit ; mais
la différence de leur âge n'admet-
toit point entre elles cette intimité
qui bannit toute referve. La Comteffe gardoit fon fecret par prudence, & Mademoifelle du Bugei ignoroit qu'elle en eût un à confier.

M. de Creffy fe trouvoit plus fou.

vent avec Adelaïde , qu'avec la
Comtesse. Il alloit presque tous les
jours dans une maison où elle étoit
familiere. Il s'aperçut du desordre
où la jettoit sa présence, & connut
le penchant de son cœur. Il sentit
un plaisir secret en observant l'im-
pression qu'il faisoit sur ce cœur
simple & vrai ; mais comme il étoit
fort éloigné de borner son ambition à la fortune qu'elle pouvoit
lui aporter, il rejetta d'abord toute
idée de profiter des dispositions
d'Adelaïde : mais le tems, la vanité, le desir, l'amour peut-être, dé-
truisirent cette sage résolution, &
lui présenterent un moyen d'entretenir le goût que Mademoiselle du
Bugei lui laissoit voir, sans rien
changer au plan qu'il s'étoit formé
pour son élévation.

Ainsi cachant à tous les yeux
les nouveaux sentimens dont il
étoit occupé, il affecta de ne lui

marquer aucun égard qui pût les
dévoiler, & s'attacha à lui rendre
des soins qui ne parûssent tendres
qu'à elle - même. Cette conduite
adroite fit l'effet qu'il en avoit attendu : Adelaïde se crut aimée ;
son cœur prévenu par une forte
inclination, s'enflamma par degré ;
& sa passion devint si puissante sur
son ame, que l'ingratitude & la perfidie du Marquis ne purent dans la
suite ni l'éteindre, ni la lui rendre
moins chere.

Madame de Gersay, chez laquelle Adelaïde & le Marquis se
rencontroient si souvent, étoit sœur
du feu Comte de Raifel, & ne
voyoit point sa veuve avec laquelle
elle avoit plaidé pour quelques prétentions qui se trouverent mal fon-
dées. Comme elle en jugeoit au-
trement & qu'il y avoit peu de tems
que cette affaire étoit terminée,
son ressentiment duroit encore. Cet

effet du hafard fit que Madame de
Raifel & Adelaïde ne s'apperçurent
jamais de leur rivalité.

La maifon qu'occupoit M. du
Bugei avoit un jardin, dont une des
portes s'ouvroit fur une promenade
publique : avec le tems, M. de Creffy parvint à engager Adelaïde à profiter de cette commodité pour lui
parler les foirs. La beauté de la fai-
fon où l'on entroit alors, rendant
ces promenades très - naturelles,
elle n'imagina pas qu'il y eût le
moindre rifque à lui accorder cette
faveur; elle fortoit de chez elle fui-
vie d'une gouvernante, dont l'humeur trop facile fe prêtoit aux defirs de fa jeune éleve, qui charmée
de ces entretiens, ne prévoyoit au-
cuns des périls où ils pouvoient
l'expofer. M. de Creffy profitant de
l'avantage que lui donnoient fur
elle l'expérience & l'artifice, en
échauffant peu - à - peu fon cœur,

l'amenoit infenfiblement à lui a-
vouer tout l'amour qu'elle fentoit
pour lui : aveu dangereux, dont un
amant contefte la vérité jufqu'au
moment où de preuve en preuve
il nous conduit à lui en donner une,
après laquelle le doute fe diffipe &
le defir s'envole.

Cependant Madame de Raifel
qui ne trouvoit rien dans fa raifon
qui s'opposât à l'inclination qu'elle
avoit pour le Marquis, fouhaitoit
ardemment qu'il lui rendît des foins.
La retenue de fon fexe & fa modeftie naturelle, ne pouvoient lui
permettre de faire les premiers pas ;
quoique fes intentions euffent pû
juftifier fes démarches, elle n'ofoit
en faire aucune : il lui paroiffoit
honteux d'employer l'entremife
d'un ami, & d'acheter par une forte
de baffeffe un bonheur qu'elle rou-
giroit d'avoir obtenu, & qui feroit
continuellement troublé par l'in-

certitude des motifs qui auroient déterminé M. de Creſſy à rechercher ſa main. Son cœur délicat ne vouloit rien devoir à la fortune ; il cherchoit un bien plus précieux que tous ceux qui attirent les vœux des hommes ordinaires : c'étoit la douceur d'une tendreſſe ſentie & partagée, d'une union dont l'amour formât les liens, & dont l'eſtime & l'amitié reſſerraſſent à jamais les nœuds.

Quelle que fût l'ambition du Marquis, elle n'alloit pas juſqu'à prétendre à Madame de Raiſel, qui venoit récemment de refuſer un parti, après lequel il ſembloit qu'aucun autre ne pût s'offrir ; il étoit bien éloigné d'imaginer qu'il fût aſſez heureux pour lui plaire. Lorſque la Comteſſe ſe recontroit avec lui, la crainte de laiſſer échapper des marques de ſon penchant, lui donnoit un air de reſerve & d'em-

barras, que M. de Creſſy prenoit
pour une froideur de caractere peu
propre à l'attirer, lui dont l'enjoue-
ment étoit extrême. Madame de
Raiſel, charmante où il n'étoit pas,
perdoit en le voyant cette vivacité
qui rend aimable, & donne de la
grace à tout ce qu'on fait; l'agitation de ſon cœur ſuſpendoit les
agrémens de ſon eſprit; elle ſe tai-
ſoit, ou diſoit des choſes ſi indifférentes, que le Marquis, prévenu
contre le ſérieux où il la voyoit
toujours, avoit une ſorte d'éloignement pour elle; quoique ſa maiſon fût une des plus brillantes de
la Cour, qu'il y eût été préſenté,
même accueilli, c'étoit celle où on
le trouvoit le plus rarement.

Pendant qu'Adélaïde s'abandonnoit au charme ſéduiſant d'une paſſion dont rien ne troubloit encore
la douceur; que Madame de Raiſel
chaque jour plus ſenſible entrete-

noit avec complaisance un desir
dont elle étoit uniquement occupée, la Marquise d'Elmont conduite par la vanité, ou peut-être par
un motif moins excusable, entreprit
de vaincre l'indifférence de M. de
Cressy, ou si elle ne pouvoit s'en
faire aimer, de lier avec lui cette espece de commerce où le caprice &
la liberté tenant la place du sentiment, ôtent à l'amour toutes ces
erreurs aimables dont il se nourrit,
en font une sorte de goût où le
coeur ne prend jamais de part, & qui
donne moins de plaisir qu'il ne produit de regret.

Madame d'Elmont étoit une de
ces femmes qui n'ayant aucune des
vertus de leur sexe, adoptent folle-
ment les travers de celui qu'elles
prétendent imiter; qui loin de chercher à en acquérir la force & la soli-
dité, en prennent seulement l'au-
dace & la licence, & qui livrées au

déréglement de leur imagination,
s'honorent du nom d'homme, parce qu'indignes de celui de femmes
eftimables, elles ont ofé renoncer
à la pudeur, à la modeftie, & à la
délicateffe de fentiment, qui eft la
marque diftinctive de leur être.

Telle étoit celle qui prit du goût
pour M. de Creffy, & fit éclater le
deffein formé de fe l'attacher: mais
comme un pareil engagement ne
convenoit ni à fes vûes ni à la fitua-
tion actuelle de fon cœur, il le rejetta abfolument, feignit d'ignorer
les intentions de la Marquife, l'évi-
ta par-tout; & fans manquer à ce
qu'il devoit à fon rang & à fon fexe,
il fçut éluder fes pourfuites & fe défendre de fes attaques.

La haute opinion que Madame
d'Elmont avoit d'elle-même, & l'orgueil dont elle étoit remplie, lui
perfuaderent qu'un homme qui pouvoit réfifter aux avances qu'elle

avoit faites, étoit moins gardé par
l'indifférence, que lié par un amour
secret & heureux. Attachée à cette
idée, & guidée par le dépit & la curiosité, elle observa les démarches
du Marquis, fit épier ses pas, & tar-
da peu à découvrir que Mademoiselle du Bugei étoit l'objet de ses
empressemens : ainsi la regardant
comme le seul obstacle qu'elle eût
à vaincre pour réussir dans ses projets, elle résolut de troubler une intrigue qu'elle crut plus avancée
qu'elle ne l'étoit en effet, & de priver Adelaïde d'un bien dont elle-
même desiroit vivement la posses-
sion.

Comme on voit les actions des
hommes, & qu'on n'en pénétre que
rarement les motifs, il est bien des
occasions dans la vie où la noir-
ceur & la malignité se parent aisé-
ment des traits de la justice & de la
probité. Madame d'Elmont instrui-

te des promenades fréquentes d'A-
delaïde & de l'exactitude du Marquis à l'y accompagner, écrivit à
M. du Bugei, pour l'informer qu'un
jeune Seigneur de la Cour dont elle
taisoit le nom, avoit les soirs des
rendez-vous avec sa fille. C'est ainsi
que cachant sa basse jalousie sous
l'apparence de l'amitié qu'elle avoit
pour M. du Bugei, elle porta dans
l'ame d'Adélaïde le premier mouvement de douleur qu'elle eût encore senti. Ce ne fut point assez
pour elle d'entendre les reproches
d'un pere irrité, de recevoir un ordre précis de ne plus parler à celui qu'elle aimoit ; en lui décou-
vrant où pouvoit tendre la conduite mystérieuse qu'on avoit tenue
avec elle, on lui apprit à craindre
que cet amant déjà trop cher, n'eût
pas pour elle le respect & la tendresse qu'elle méritoit à tant de titres de lui inspirer.

Le

Le caractere de Mademoiselle du Bugei ne lui permettoit pas de nier une vérité que son trouble confirmoit assez : un aveu sincere de ce qui s'étoit passé entre elle & le Marquis, mit M. du Bugei dans un embarras extrême. M. de Cressy ne s'étoit avancé sur rien dont on pût tirer avantage pour pénétrer son coeur ; il n'avoit fait aucune offre, aucune demande ; & l'adresse avec laquelle il avoit ménagé ses expressions, donnoit peu de lumieres sur ses desseins : mais Adelaïde aimoit, elle se croyoit aimée. M. du Bugei estimoit le Marquis & desiroit le bonheur de sa fille ; il prit le parti de contraindre M. de Cressy à s'expliquer ; & ne voulant point paroître dans cette affaire, il dicta ce billet à Adélaïde, qui l'écrivit sans oser résister à sa volonté.

L'honneur que vous m'avez fait, Mon-

B.

sieur, de vous. entretenir souvent avec
moi , a été remarqué par des personnes
qui en ont pris occasion de me croire im-
prudente. Ne m'accusez ni de caprice ni
d'impolitesse , en me voyant changer de
conduite avec vous , & trouvez bon que
je ne vous parle plus ni en public ni en
particulier , à moins que je n'en reçoive
d'ordre de mon pere : si vous ne l'engagez
pas vous-même à me le donner , oubliez-
moi pour toujours.

Elle pleuroit si fort en écrivant ,
que son pere touché des larmes qu'il
lui voyoit répandre, s'avança vers
un balcon sur lequel il s'appuya un
instant pour lui cacher son atten-
drissement. Adelaïde qui jugeoit de
la peine qu'elle alloit causer à son
Amant par celle qu'elle ressentoit elle-même , sans songer qu'elle lui offroit un moyen d'être heureux, ne
vit que la privation de ces entretiens qui l'enchantoient ; & saisis-

sant ce moment où son pere ne la regardoit pas, elle écrivit ces mots sur un petit papier.

Vous dire de m'oublier ? ah jamais ! on m'a forcée de l'écrire ; rien ne peut m'obliger à le penser ni à le desirer.

Elle glissa ce papier dans sa Lettre, & se hâta de la fermer : son pere l'ayant envoyée sur le champ, elle en attendit la réponse avec toute l'inquiétude que peuvent causer l'amour & la crainte dans un cœur où l'on vient d'élever un doute sur l'objet de ses plus chers desirs.

M. de Cressy n'étoit point chez lui lorsqu'on y porta ce Billet ; il avoit cherché Adelaïde tout le soir, & surpris de ne l'avoir vue ni chez Madame de Gersai ni dans le Jardin, il ne pouvoit concevoir ce qui l'avoit fait manquer à leur rendez-vous ordinaire.

Il ne rentra qu'à deux heures du matin ; cette Lettre qui lui fut remise le furprit & le chagrina, il en connut aifément l'Auteur : mais il fut pénétré d'un fentiment fi tendre en lifant ce petit papier, fur lequel il trouvoit une preuve fi décidée de l'amour d'Adelaïde, qu'il fut tenté de facrifier tous fes projets de grandeur & de fortune, à l'attrait du bonheur véritable qu'il pouvoit trouver dans la poffeffion d'une fille charmante dont il étoit adoré.

Il ne pouvoit fe diffimuler que le penchant qu'Adelaïde avoit à l'aimer ne fe fût détruit avec le tems ; qu'il n'eût peut-être jamais pris de force, s'il n'avoit eu l'art de l'entretenir & de l'augmenter en lui parlant avec affiduité, en lui montrant une préférence décidée, & enfin en lui perfuadant qu'il l'aimoit lui-même avec ardeur. En penfant au regret, à la douleur où fes refus pouvoient la livrer, aux reproches qu'elle ſeroit en droit de lui faire, il ſentit au fond de ſon cœur ce mouvement juſte & vrai que la nature y imprime, qui déchire le voile dont l'amour - propre couvre nos erreurs, nous fait rougir de nos fautes, & nous porte à les réparer; mouvement qui nous conduiroit peut - être plus ſûrement que les principes d'une raiſon étudiée, ſi nous avions la force de l'écouter & de le ſuivre. Quelle riante image s'offroit à l'idée de M. de Creſſy, ſi faiſant céder l'ambition à la tendreſſe, au devoir, à l'honneur, il portoit dans l'ame d'Adélaïde une joie dont il partageroit les tranſports! quel plaiſir de lire dans les yeux de ce qu'on aime, la douce ſatisfaction qu'on vient d'y répandre! & quel bien eſt comparable à celui qui naît de la certitude d'avoir rempli l'engagement qu'un cœur noble contracte avec lui-même.

Il ſe le peignit ce bien véritable,
mais il ne put ſe réſoudre à l'acheter par la perte de ſes eſpérances ;
il paſſa la nuit dans la plus grande
agitation ; & ſon amour & ſes deſirs cédant enfin à l'ambition, penchant invincible de ſon cœur, il fit
cette réponſe à Mademoiſelle du
Bugei.

Mademoiſelle,

*Rien ne peut me conſoler d'avoir été
la cauſe innocente qu'on ait oſé trouver
quelque choſe à reprendre dans la conduite d'une perſonne auſſi reſpectable que
vous. J'approuverai toujours tout ce que
vous ferez, ſans me croire en droit de
vous en demander la raiſon. Que je ſerois heureux, Mademoiſelle, ſi ma fortune & les arrangemens qu'elle me force
de prendre, ne m'ôtoient pas la douceur
d'eſpérer un honneur dont mon reſpect &*

mes fentimens me rendroient peut-être digne, mais que mon état préfent ne me permet pas de rechercher. J'ai l'honneur d'être, &c.

Cette lettre fut remife à M. du Bugei, fuivant l'ordre qu'il en avoit donné : la réponfe du Marquis lui fit peu de peine. Comme il avoit d'autres vûes pour fa Fille, que le feul defir de la fatisfaire eût pu lui faire changer, il regarda l'excufe de M. de Creffy comme un moyen heureux de fuivre fes premiers deffeins fans contraindre l'inclination d'Adelaïde. Il n'imagina pas que l'amour eût fait dans fon ame une impreffion difficile à effacer ; il regarda fon attachement comme un de ces goûts vifs mais legers que le tems & la diffipation détruifent. L'opinion avantageufe qu'il avoit du caractere de M. de Creffy, ne lui permettoit pas de penfer qu'il eût

formé le projet odieux de séduire
Adelaïde. Il crut qu'une fille sans expérience avoit pu se tromper & prendre pour de l'amour ces attentions
polies & ces propos flateurs que la
galanterie a mis en usage. M. du
Bugei avoit de l'honneur & de la
droiture ; qualités qui portent toujours à bien juger des sentimens
d'autrui.

Il fit appeller sa fille, & lui re-
mettant la Lettre qu'il venoit de recevoir : c'est à vous, Mademoiselle,
lui dit-il à décider des torts que M.
de Cressy peut avoir avec vous ; s'il
vous a dit qu'il vous aimoit, il vous
a trompée, & vous en tenez la
preuve convainquante. A votre âge
on est facilement déçue. Que cette
méprise vous éclaire & vous fasse
éviter ce qui peut vous conduire à
de semblables erreurs. Je ne veux
pas, continua-t-il, aigrir le chagrin
où je vous vois, par une remon-
trance

trance plus ſévere, J'excuſe ce premier mouvement, pourvû qu'il ne dure pas, & que par plus d'exactitude vous vous rendiez digne de mes bontés. Vous m'êtes chere, Adelaïde, ajoûta-t-il, je vous aime, vous le ſçavez; mais je ne répondrois pas de vous conſerver ma tendreſſe, ſi vous étiez aſſez foible pour vous livrer encore à un penchant que vous devez rougir d'avoir laiſſé paroître.

Mademoiſelle du Bugei n'étoit point en état de répondre; ſon cœur preſſé d'une douleur accablante, en étoit entierement occupé; ſes pleurs couloient ſur ſon viſage, ſur ſon ſein, & baignoient cette lettre fatale qui venoit de détruire tout ſon bonheur, toutes ſes eſpérances. Elle tomba aux pieds de M. du Bugei, & le ſupplia de lui permettre d'aller paſſer quelques jours à Chelles; elle ne deſiroit dans cet

C

inſtant que la liberté de s'affliger ſans contrainte. Il y conſentit d'autant plus volontiers, qu'il eſpéra que le plaiſir de revoir les compagnes de ſon enfance, rameneroit la paix dans ſon cœur, & lui feroit oublier le Marquis de Creſſy.

La Gouvernante fut renvoyée & remplacée par une Femme de chambre ; on chaſſa celle qu'elle avoit auparavant, & la nouvelle ſuivit Adelaïde à Chelles. La clef de la porte de communication fut portée dans l'appartement de M. du Bugei. En remerciant Madame d'Elmont de ſes avis, il prit ſoin de l'engager au ſecret ſur cette affaire ; & comme perſonne n'avoit intérêt à la divulguer, elle fut enſévelie dans le ſilence.

Monſieur de Creſſy apprit la retraite d'Adelaïde par un homme à lui, qui ſe trouva parent de la Femme de chambre qu'on venoit de pla-

cer auprès d'elle. Il fut touché de
son départ : dans les longs entretiens
qu'ils avoient eus ensemble, le Marquis avoit trop bien connu la façon
de penser de Mademoiselle du Bugei, pour douter de la peine qu'elle
devoit ressentir dans ces premiers
momens. Il sçavoit qu'elle étoit aus-
si fiere que sensible : en se rappellant
tout ce qu'il lui avoit dit & la conduite qu'il avoit tenue après tant
d'assûrances d'une passion dont rien
n'avoit dû la faire douter, il pensa
qu'elle le mépriseroit , qu'il seroit
l'objet de son dédain, peut-être de
sa haine, lui qui l'avoit été de sa
plus tendre estime, des plus douces
affections de son cœur. Sans avoir
dessein de réparer ses torts, il voulut les diminuer aux yeux d'Adelaïde ; il entreprit de justifier un procédé si dur ; & saisissant le moyen
que le hasard lui offroit de faire parvenir une lettre dans ses mains, il se

détermina à lui écrire : mais comment ? & qu'avoit-il à lui dire, après ce qu'il avoit fait ?

Quelle excuse pouvoit être reçue par un cœur trompé dans ses desirs, par une personne vraie dont l'esprit juste & solide ne s'éblouïroit point une seconde fois ? Il est des caracteres dont la noble simplicité embarrasse l'art dans ses propres détours ; on ne peut leur en imposer qu'en abusant de la vérité même pour les séduire. M. de Cressy pensa qu'un aveu sincere lui rendroit l'estime d'Adelaïde, peut-être sa tendresse, & se détermina à lui écrire ainsi :

Est-il permis à un malheureux qui s'est privé lui-même du plus grand bonheur, d'oser vous demander son pardon & votre pitié ? Jamais l'amour n'alluma de flamme plus pure, plus ardente, que celle dont mon cœur brûle pour l'aimable Adelaïde : pourquoi n'ai-je pu lui en donner

la preuve qu'elle devoit en attendre ? Ah,
Mademoiſelle, comment oſerois-je vous
lier au ſort d'un ambitieux, dont peut-
être vous ne rempliriez pas tous les vœux;
qui en vous poſſédant, maître d'un bien
ſi cher, ſi précieux, pourroit en regretter
de moins eſtimables ſans doute, mais dont
il a toujours nourri le deſir & l'eſpéran -
ce ? Je vous avoue, je vous confie une foi-
bleſſe honteuſe qui m'avilit à mes propres
yeux, que je voudrois ſurmonter, que
perſonne ne ſeroit plus capable de m'aider
à vaincre que vous, mais dont je ne puis
m'aſſurer de triompher. Plaignez-moi,
ne me mépriſez pas, ne m'accablez pas
de votre haine. Qu'une généreuſe compaſ-
ſion vous intéreſſe encore pour un homme
que vous eſtimâtes, qui vous adore, qui
vous perd, & qui ſe déteſte lui-même.

Cette lettre fut portée à Chelles
& rendue à Mademoiſelle du Bugei
par ſa Femme de chambre, qui la lui
donna ſans dire de quelle part elle
C üj

venoît, & fans paroître inftruite de
l'intérêt que fa Maîtreffe y pouvoit
prendre.

Adelaïde avoit lû trop fouvent
la premiere qu'elle avoit reçue de
M. de Creffy, pour ne pas reconnoître fa main ; elle l'ouvrit avec une
émotion violente , & fon trouble
étoit fi grand en la parcourant, qu'-
elle la recommença plufieurs fois
avant de pouvoir comprendre ce
qu'elle lifoit : des expreffions fi tendres, une confidence fi finguliere,
toucherent d'abord fon cœur ; mais
en y réfléchiffant, elle ne fentit que
du mépris pour un homme qui pouvoit préférer à fes propres defirs, à
l'amour qu'il avouoit, l'attente d'u-
ne fortune incertaine. Des larmes de
regret & d'indignation s'échapperent de fes yeux. Eh, que me veut-
il, s'écria-t-elle ? que lui importe ma
haine ou mon amitié ? que je le plai-
gne ! moi ! Ah Dieu ! qui de nous
deux a droit d'exciter une jufte

compaffion ? Tranquille, heureufe,
avant qu'il me parlât de fa feinte
tendreffe, je goûtois en l'aimant un
plaifir dont le charme flateur n'a-
voit aucun mélange d'amertume. Sa
vûe étoit un bien délicieux pour
moi ; elle fuffifoit à mes vœux innocens. Mon amour ignoré de lui, inconnu à moi-même, étoit un bonheur fi doux, fi fatisfaifant ! ah,
pourquoi m'en a-t-il privée ? pourquoi m'en a-t-il fait connoître un
autre, puifqu'il devoit me l'enlever ?
Je le vois, continua-t-elle ; les hommes font cruels ; ils fe plaifent à
nourrir dans nos cœurs le poifon
qu'ils y verfent eux - mêmes, & l'a-
mour ne nous caufe des peines, que
parce que l'objet qui nous l'infpire
n'eft prefque jamais digne des fentimens qu'il fait naître.

Elle interrompit fes réflexions
pour relire encore cette lettre, pour
l'examiner, pour pefer chaque ex-

preffion ; elle fembloit y chercher ce qu'elle defiroit en vain d'y trouver. Sa Femme de chambre vint l'avertir qu'on attendoit fa réponfe ou fes ordres. Adelaïde rêva quelque tems ; elle balança fur ce qu'elle devoit faire : mais fe déterminant tout-à-coup : Allez, dit-elle à cette fille ; faites fçavoir à celui qui ofe attendre une réponfe de moi, que ma premiere lettre contient tout ce que j'aurai jamais à lui dire.

En fe livrant au mouvement d'une jufte fierté , Mademoifelle du Bugei croyoit remporter une victoire fur elle-même ; elle s'applaudiffoit d'avoir eu affez de force pour réprimer le defir qu'elie avoit fenti d'écrire au Marquis. En cachant fes fentimens, elle croyoit en triompher ; mais la contrainte qu'on impofe à l'amour ne l'affoiblit pas ; & dans un cœur tendre & vraiment touché , le tems , même la réflexion,

ramene vers l'objet qu'on aime, di-
minue inſenſiblement le ſujet qu'on
a de s'en plaindre, ou du-moins l'é-
loigne, & met dans un jour favorable tout ce qui peut le faire paroître
moins coupable. L'apparente fran-
chiſe de M. de Creſſy fit l'effet qu'il
en avoit eſpéré : Adelaïde ceſſa de
le mépriſer, ſon ambition lui parut
moins condamnable, & bien-tôt elle ne ſentit plus que le regret douloureux de ne pouvoir lui offrir à la
fois tous les biens qu'il deſiroit.

Pendant qu'elle s'affligeoit à
Chelles, que le Marquis continuoit
de lui écrire, qu'elle s'obſtinoit à ne
point lui répondre, & qu'elle ſe
plaignoit des ordres de ſon pere
qui la preſſoient de retourner chez
lui, on préparoit une fête à la Cour,
qui devoit ſe terminer par un Bal
paré : Adelaïde & Mademoiſelle de
Cé, par une diſtinction particulie-
re, devoient y accompagner la jeune Princeſſe de ***.

Toutes les Dames nommées pour
y danfer, s'occupoient du choix des
ornemens qui pouvoient donner de
l'éclat à leurs charmes. Madame de
Raifel avoit fait monter une parure
de diamans qu'elle vouloit porter
ce jour-là : elle fut elle-même chez
la Marchande qui garniffoit l'habit
qu'elle devoit mettre, pour choifir
avec elle les pierreries qu'il falloit
placer fur la piece, fur les tailles, &
qui devoient former des agraffes
pour relever fa robe. Pendant qu'elle donnoit fes ordres fur cet arran-
gement, on rapporta à la Marchande une écharpe qu'un mal-entendu
lui faifoit renvoyer. On l'avoit de-
mandée en argent ; & dans la quan-
tité qu'elle en avoit à fournir, elle
s'étoit trompée, & l'avoit faite en
or. Tandis que cette femme fe défo-
loit de fa méprife, Madame de Raifel examinoit l'écharpe ; elle la trouva fi belle, fi riche, & d'un fi bon

goût, qu'elle ne put réſiſter à l'envie de l'avoir ; & l'ayant deſtinée d'abord, elle l'acheta. De retour chez elle, après avoir réſiſté quelque tems à l'idée que cette écharpe lui avoit fait naître, elle céda au plaiſir de la ſuivre, elle écrivit un billet à M. de Creſſy, & lui envoya l'écharpe dans un moment où elle ſçavoit qu'on ne le trouveroit point chez lui, & par un homme ſans livrée, & qu'on ne pouvoit connoître pour lui appartenir.

M. de Creſſy reçut le ſoir cette magnifique écharpe, & y fit bien moins d'attention qu'au billet qui l'accompagnoit ; il y trouva ces mots :

Un ſentiment tendre, timide, & qui craint de paroître, m'intéreſſe à pénétrer les ſecrets de votre cœur ; on vous croit indifférent, vous me paroiſſez inſenſible ;

peut-être êtes-vous heureux & discret.
Daignez m'apprendre la situation de votre ame, & soyez sûr que je mérite d'obtenir votre confiance. Si vous n'aimez
rien, portez au Bal l'écharpe que je vous
envoye : cette complaisance peut vous conduire à un sort que beaucoup d'autres en-
vient. Celle qui se sent portée à vous préférer à tout, est digne de vos soins ; elle en
est digne à tous égards ; & la démarche
qu'elle fait en vous le disant, est la premiere foiblesse qu'elle ait à se reprocher.

Ce billet inquiéta M. de Cressy ;
toutes les femmes qui lui avoient
laissé voir le desir de l'attirer près
d'elles, revinrent dans sa mémoire ;
il chercha vainement qui pouvoit
en être l'auteur : il ne devina point.
De toutes les femmes qu'il connoissoit, Madame de Raisel fut la seule
qui ne s'offrit point à son idée. Enfin malgré tout ce qui devoit lui faire rejetter ce soupçon, il s'obstina

à croire que c'étoit une plaiſanterie de la Marquiſe d'Elmont. Il ſe
détermina à ne point porter l'écharpe, & ne s'en occupa plus.

Le jour du Bal étant arrivé, le
Marquis ſentit un plaiſir extrême en
penſant qu'il alloit revoir Adelaïde; il ne croyoit pas qu'un amour
auſſi tendre fût déjà éteint ; il le
croyoit ſeulement un peu refroidi ,
& ſe flatoit de le ranimer par ſa préſence, d'obtenir ſon pardon s'il pouvoit lui parler. Il ne vouloit lui faire
aucun ſacrifice , mais il ne vouloit
pas perdre la douceur d'être aimé.

Parmi tant de Seigneurs jeunes,
galans, ornés de tout ce que le goût
& la magnificence offrent de plus
éclatant, le Marquis de Creſſy parut ſi bien fait, ſi diſtingué par ſon
air & ſa parure, & tellement formé
pour effacer tout ce qui l'environ-
noit, que dès l'inſtant où il ſe montra, il fixa les regards & réunit tous
les ſuffrages.

Adelaïde danſoit lorſqu'il entra ;
un petit murmure qui s'éleva lui fit
deviner que c'étoit lui ; elle baiſſa
les yeux, & n'oſa plus les lever, dans
la crainte de rencontrer les ſiens :
elle étoit ſi émue qu'elle avoit peine
à continuer ; & l'ordre de le prendre
qu'elle reçut en finiſſant, lui cauſa
tant d'agitation, qu'elle fut obligée
de prier qu'on l'en diſpenſât. Son
trouble étoit ſi viſible, qu'on la fit
paſſer dans une Salle voiſine, pour
lui donner la liberté de reſpirer &
de ſe remettre.

Quand elle rentra, le Marquis la
fixa avec un air d'intérêt qui fut remarqué de Madame d'Elmont, auprès de laquelle il ſe trouvoit aſſis;
elle lui en fit la guerre avec une
plaiſanterie mêlée de tant d'aigreur,
qu'il ne put ſe défendre d'en mettre
un peu dans ſes reparties.

Madame de Raiſel étoit aſſez
près d'eux pour les entendre ; elle

s'étoit apperçue avec chagrin que le Marquis ne portoit point l'écharpe qu'elle lui avoit envoyée. Elle comprit par quelque choſe qu'il diſoit à Madame d'Elmont, que c'étoit cette Dame qu'il ſoupçonnoit de lui avoir écrit : elle ſe leva pour interrompre une converſation qui lui déplaiſoit ; & s'approchant de la Marquiſe, elle lui adreſſa la parole, & la força de ceſſer le diſcours qu'elle avoit commencé. Le Marquis, que Madame d'Elmont fatiguoit, fut ſi charmé du ſervice que Madame de Raiſel lui rendoit, que pour la premiere fois il la regarda avec attention.

Elle étoit ſi belle ce ſoir-là, ſon air étoit ſi noble, ſi touchant, qu'il étoit impoſſible de la voir ſans convenir qu'elle étoit faite pour inſpirer de la tendreſſe & du reſpect ; elle railla la Marquiſe ſur la mauvaiſe humeur qu'elle montroit, plai-

fanta M. de Creſſy, en l'accuſant d'en
étre la cauſe, & mit tant d'eſprit,
de grace, & de légereté dans ce ba-
dinage, que le Marquis s'étonna
d'avoir pu la voir ſi long-tems ſans
connoître combien elle étoit aimable.

Mais il cherchoit à s'approcher
d'Adelaïde; & malgré tous les ſoins
qu'elle prit pour l'éviter, il parvint
à ſe placer auprès d'elle. Il lui parla aſſez long-tems, ſans qu'elle dai-
gnât lui répondre, ni paroître attentive à ce qu'il lui diſoit; ce ſilence mépriſant piqua vivement le
Marquis; il lui dit qu'elle feignoit
dans ce moment, ou qu'elle l'avoit
trompé quand elle lui avoit permis de croire que ſes ſentimens la
touchoient.

Je n'ai jamais feint, interrompit
Mademoiſelle du Bugei; mais le
tems & les évenemens changent les
diſpoſitions de nos cœurs; ſi le mien
n'eſt

n'eſt plus le même, vous ne pouvez
vous en plaindre avec juſtice. Cependant comme j'ignore quelle perſonne a pris ſoin d'avertir mon pere d'une conduite que je me reproche, & qu'on peut m'obſerver ici,
vous m'obligerez en vous éloignant.
L'air de fierté dont elle prononça
ce peu de mots, déconcerta M. de
Creſſy; il voulut lui parler encore,
mais en vain; elle ſe leva ſans l'é-
couter, & fut ſe placer ailleurs. Cette froideur & ce dédain, plus puiſ-
ſans ſur le Marquis que l'amour ne
l'avoit été, porterent au fond de
ſon cœur un trait ſi vif, qu'il penſa
que ſans Adelaïde, ſans ſa tendreſſe, il n'étoit plus ni repos ni bonheur pour lui. Il s'abandonna au regret de l'avoir offenſée; il voulut la
ramener à quelque prix que ce pût
être; & quittant le Bal dès que la
bienſéance le lui permit, il courut
chez lui pour lui écrire, dans le

D

deſſein de lui faire tenir ſa lettre
cette nuit même.

Mademoiſelle du Bugei n'avoit
pû s'empêcher de ſuivre les mouvemens du Marquis ; elle s'étoit
apperçûe de l'effet qu'avoit produit ſur lui l'indifférence qu'elle lui
avoit montrée ; mais loin de s'applaudir du chagrin qu'elle lui avoit
cauſé, elle en reſſentit un véritable
au moment qu'il ſortit. Madame de
Raiſel vit ſa triſteſſe, & lui en demanda le ſujet avec tant de marques de l'intérêt qu'elle y prenoit,
qu'Adelaïde touchée ne put retenir
quelques larmes. La Comteſſe qui
l'aimoit, lui reprocha doucement
que depuis ſix mois elle la négli-
geoit, & lui fit ſentir, en la preſſant
de lui ouvrir ſon cœur, qu'elle ſe
doutoit que l'amour cauſoit ſes
peines. Ce n'eſt ni le tems ni le lieu
de vous confier ce qui m'agite, lui
dit Mademoiſelle du Bugei ; mais à

mon retour de Gerſey, où je dois
paſſer quelques jours, j'irai vous
demander vos conſeils & votre indulgence. Madame de Raiſel lui
promit tous les ſecours que l'on
pouvoit attendre d'une amie zélée
& ſincere ; elles s'entretinrent aſſez
long-tems, & ne ſe ſéparerent que
lorſque la Princeſſe, en ſe retirant,
fit avertir Adelaïde, qui ſortit avec
plaiſir d'un lieu où elle n'étoit pas
libre de réfléchir ſur ce qui l'occupoit uniquement.

En maltraitant M. de Creſſy, elle
n'avoit écouté que ſon devoir ; mais
les démarches que la raiſon nous
fait faire, ne ſont pas toujours celles qui donnent le plus de ſatisfaction à notre cœur.

A peine Adelaïde rentroit dans
ſon appartement, & commençoit
peut - être à deſapprouver ſa fierté,
qu'Helene ſa femme de chambre,
lui préſenta une lettre qu'on venoit

de lui donner de la part du Marquis; elle l'ouvrit avec empreſſement, & y trouva ce qui ſuit:

Vous me puniſſez trop, Mademoi-
ſelle, j'oſe vous dire que vous me puniſſez
trop; quelque coupable que j'aye dû vous
paroître, votre reſſentiment va trop loin.
Tant de hauteur dans un caractere auſſi
doux que le vôtre, eſt la marque aſſurée
d'un mépris que je ne peux ſupporter. Non
belle Adelaïde, votre malheureux amant
ne peut vivre & ſe croire haï de vous. Ah
rendez-moi vos premieres bontés, & met-
tez un prix à cette faveur précieuſe, tout
me ſera facile pour l'obtenir! Mais puis-
je encore eſpérer le bien qui m'étoit offert?
me ſera t-il permis de le demander? vou-
dra-t-on me l'accorder? Oui, ſi vous le
deſirez. Conſentez à me parler; j'ai be-
ſoin d'un entretien avec vous; il faut
que votre bouche prononce mon pardon,
qu'elle m'aſſure que vous ne me haïſſez
pas, que vous m'aimez encore; ne refuſez
pas cette grace à l'amant le plus tendre,

le plus paſſionné , & le plus répentant
qui fut jamais ; daignez regler ſa deſti-
née , elle eſt dans vos mains: ah , que
n'immolera-t-il pas au bonheur de vous
convaincre qu'il vous adore !

Quel mouvement de joie péné-
tra le cœur de la tendre Adelaïde ,
à ces aſſurances flateuſes d'un changement ſi peu attendu, ſi peu eſpéré! La préſence d'Helene ne put
contenir ſes tranſports : ah, qu'ai-
je lû, s'écria-t-elle! mes yeux ne
m'ont-ils point trompée? Se pourroit-il que revenu de cette fatale
ambition qui l'arrachoit à moi , à
mon amour, il formât le deſir ſincere
de me la ſacrifier ? Quoi je paſſerois
tous les inſtans de ma vie avec lui!
je le verrois ſans ceſſe! il m'aimeroit
toujours! je pourrois l'aimer, l'a-
dorer, le dire; mettre ma gloire à
faire éclater ces mêmes ſentimens ,
dont on m'a dit que je devois rougir, qu'il falloit nourrir avec honte,

ou étouffer avec douleur! Ah, quel
fort! quel heureux fort que celui
qui me lieroit pour jamais au fien!
Enchantée par ces riantes idées,
Mademoifelle du Bugei crut pouvoir répondre, & le fit ainfi:

Non, je ne vous hais point, je ne puis
jamais vous haïr; mon devoir & l'obéif-
fance que je dois aux ordres de mon pere,
ont pû feuls me déterminer à vous retirer
les marques de mon amitié. Si mon eftime
& ma confiance font néceffaires au bon-
heur de votre vie, vous favez par quel
moyen vous pouvez vous les affurer pour
toujours. J'ai promis, & ma parole m'en-
gage à éviter de vous voir & de vous par-
ler; je n'abuferai point de l'indulgence
d'un pere qui m'a pardonné avec bonté;
& puis, que vous dirai-je dans l'entretien
que vous me demandez? Qu'importe que
ma bouche prononce ce pardon, fi mon
cœur vous l'accorde, fi ma main vous
donne une preuve que vous l'avez déjà
obtenu. Adieu, fi vous m'aimez, fongez

qu'il n'est qu'une seule marque de votre amour, que vous puissiez offrir à Adelaïde.

Helene se chargea du soin de remettre ce billet à M. de Cressy ; & Mademoiselle du Bugei, après avoir relû mille fois celui de son amant, s'endormit enfin dans l'état le plus tranquille où elle se fût trouvée depuis long-tems.

Cette fille qui servoit Adelaïde, étoit une de ces ames basses que l'intérêt conduit; qui ne voyent dans les évenemens où le hasard les fait entrer par le besoin qu'on a de les employer, que le profit qu'elles en peuvent tirer, sans s'embarrasser des suites ou des conséquences qui trop souvent résultent de leur entremise. Gagnée par M. de Cressy, elle le servoit avec zele, & sa libéralité la lui attachoit entierement.

En lui donnant le billet d'Ade

l'aide, elle lui fit un récit exact de
la joie que le sien avoit excité dans
son cœur. Ce détail enflamma le
Marquis ; il brûloit du desir de
voir Mademoiselle du Bugei, & de
lui parler. Il se plaignit à Helene du
refus de sa maîtresse ; il en parut si
touché, que cette fille espérant qu'il
la récompenseroit généreusement ,
si elle lui procuroit un plaisir qu'il
souhaitoit avec tant d'ardeur , lui
offrit de l'introduire dès le soir même par le jardin , & lui fit voir la
facilité de ce projet. Elle avoit remarqué l'endroit où M. du Bugei
tenoit la clef de la porte de communication ; elle pouvoit s'en saisir
pendant le jour, ouvrir cette porte,
& remettre la clef sans qu'on s'en
apperçût. M. du Bugei se retirant
de bonne-heure , & sa fille ayant
l'habitude de se promener fort tard;
M. de Cressy pouvoit passer quelque

que tems avec elle ſans donner aucun ſoupçon.

Il accepta cette offre avec ra-
viſſement, il lui donna une lettre
pour ſa maîtreſſe, remplie des plus
tendres proteſtations d'un amour
éternel, & de l'aſſurance de lui en
donner des preuves éclatantes &
ſinceres. Helene contente de ſa reconnoiſſance le quitta, après être
convenue avec lui de l'heure à laquelle il ſe trouveroit à la porte, &
du ſignal qu'elle feroit pour l'avertir de l'inſtant où il pourroit paroître.

M. de Creſſy paſſa tout le jour
dans l'impatience de voir arriver
cet heureux mẏment qui devoit le
rapprocher d'Adelaïde; occupé du
plaiſir qu'il ſe promettoit à l'entendre lui parler encore avec cette
douceur & cette ingénuité qui la
rendoient ſi intéreſſante, il ſembloit
avoir oublié tout le reſte : Made-

E

moiſelle du Bugei l'emportoit alors
dans ſon cœur ſur tout ce qui avoit
combattu ſes charmes ; le bonheur
de l'aimer, de lui plaire, faiſoit ſa
ſeule ambition ; il ne concevoit pas
l'aveuglement qui l'avoit porté à
négliger un bien ſi doux ; & tout ce
qu'il comparoit à elle, à ſes ſentimens, à la certitude d'être l'objet
de ſon amour, de ſes préférences,
lui paroiſſoit peu digne de ſes regrets.

Onze heures arriverent enfin, il
ſe rendit au lieu marqué ; il s'appro-
cha doucement de la porte, la voix
de deux perſonnes qui ſe parloient
en-dedans, lui cauſa quelque inquiétude ; il prêta l'oreille ; & con-
noiſſant que c'étoit Adelaïde &
Helene qui s'entretenoient enſem-
ble, il attendit en ſilence que cette
derniere fît le ſigne dont ils étoient
convenus. Une branche d'arbre jettée par-deſſus le mur, l'avertit qu'il

pouvoit entrer ; la porte n'étoit que
pouſſée, il la remit dans l'état où il
l'avoit trouvée, & s'avança juſqu'au
lieu où Adelaïde le ſouhaitoit peut-
être, mais où elle ne l'attendoit
pas.

La Lune éclairoit ſi parfaitement,
que Mademoiſelle du Bugei connut d'abord le Marquis ; la ſurpriſe, l'embarras, un trouble mêlé de
joie & d'inquiétude, lui ôterent pendant quelque tems la force de parler ; elle vouloit s'éloigner, elle ſe
plaignoit d'Helene, elle n'oſoit
écouter ſon amant ; le Marquis à
ſes genoux ne vouloit point abandonner une de ſes mains dont il
s'étoit ſaiſi, qu'elle n'eût prononcé
le pardon qu'il lui demandoit. L'aimable Adelaïde céda à l'attendriſſement de ſon cœur : elle pleura ;
& ſes larmes que l'amour faiſoit
couler, furent le ſceau de ce pardon tant deſiré.

Que de ſermens d'aimer toujours ſuivirent cette douce réconciliation! qu'Adelaïde goûtoit de plaiſir à les entendre! elle les répétoit tout bas, & juroit en ſecret de remplir tous les engagemens que ſon amant prenoit: cependant elle ne vouloit point qu'il reſtât long-tems avec elle, elle le preſſoit de ſe retirer; mais Helene ſe joignant à lui, pour l'obliger à lui accorder la liberté d'un plus long entretien; dans la crainte d'être apperçûs des appartemens, ils la déterminerent à paſſer dans le jardin public, qui à cette heure étoit fermé, & où l'on étoit ſûr de ne rencontrer perſonne.

Adelaïde trembloit à chaque pas; mais raſſurée enfin & perdant toute autre idée pour ne s'occuper que de ſon amour, elle marcha aſſez long-tems appuyée ſur M. de Creſſy, qui charmé de ſe voir au-

près d'elle, & dans une ſi grande
liberté, lui parloit avec une paſſion
bien capable de lui faire oublier &
l'univers & elle-même. Ils s'avan-
cerent à pas lents juſqu'à une piece
d'eau qui terminoit un parterre;
Adelaïde s'aſſit ſur le gaſon qui la
bordoit, le Marquis ſe plaça près
d'elle, & Helene qui les avoit ſui-
vis, ſe promenoit à quelques pas
d'eux.

Leur converſation s'anima. Adelaïde avoit déjà oublié qu'elle avoit
des reproches à faire; le plaiſir &
l'eſpérance lui ôtoient le ſouvenir
des fautes de ſon amant, elle n'é-
toit occupée que du bonheur de le
voir & de l'entendre.

Le ſilence profond qui régnoit
dans ce lieu, la beauté de la nuit,
le parfum qui s'exhaloit des fleurs,
l'air enflammé de la ſaiſon, cette
ſolitude où ils ſe trouvoient tous
deux, le négligé d'Adelaïde qui n'a-

voit qu'une robe ſimple & legere,
que le moindre vent faiſoit voltiger,
ſa tête ſans ornemens, & ſa gorge
demi-nue, éleverent peu-à-peu dans
l'amé du Marquis ces déſirs ardens,
impétueux, ſi difficiles à réprimer,
quand l'occaſion de les ſatisfaire
augmente encore l'empire que les
ſens prennent ſur la raiſon.

La joie qu'il voyoit briller dans
les yeux de Mademoiſelle du Bugei, l'air paiſible dont elle l'écoutoit, le ſentiment qui ſe peignoit
ſur ſon viſage, lorſqu'il preſſoit ſa
main, ou qu'il oſoit y porter ſa
bouche, allumerent une ardeur ſi
vive dans ſon ſein, qu'il ne put en
contenir les tranſports. Il prit Adelaïde dans ſes bras ; & la ſerrant tendrement, il imprima ſur ſes levres
un de ces baiſers de feu, dont le
murmure aimable éveille l'amour
& la volupté. Adelaïde ſurpriſe,
céda pour un inſtant à l'attrait d'un

plaiſir inconnu ; elle ſentit la premiere atteinte de cette ſenſation
flateuſe, qui conduit à ce doux égarement où la nature, par l'oubli de
tout ce qui contraint ſes mouvemens, ſemble nous ramener à ſon
heureuſe ſimplicité.

Il fut court cet oubli. Mademoiſelle du Bugei, confuſe en revenant
à elle-même, ſe plaignit de ſon a-
mant ; elle voulut fuir, mais il étoit
à ſes genoux ; il convenoit de ſa
faute ; il demandoit grace, il l'obtint ; un tendre raccommodement
ſuivit cette querelle , & peut-
être en renouvella la cauſe. Combien de fois Adelaïde ſe fâcha, &
que de pardons elle accorda ! contente qu'il n'en coûtât rien à ſon innocence, elle ne s'appercevoit pas
de tout ce qu'il en pouvoit coûter à
ſon cœur. Que cette nuit augmenta
ſon amour ! que le Marquis lui parut
digne de ſon attachement ! & que de

traits ſe graverent pour jamais dans
ſon ame !

Il fallut enfin ſe ſéparer, le jour
alloit paroître. Ils convinrent avant
de ſe quitter, que le Marquis atten-
droit le retour de M. du Bugei pour
lui parler. Adelaïde vouloit avoir
le tems de prévenir ſon pere, dans
la crainte que les refus du Marquis
n'euſſent changé ſes diſpoſitions ;
elle partoit avec lui dans ſix jours;
& le Marquis inſiſtant pour la revoir encore une fois, elle conſentit
qu'il revînt la veille de ſon départ,
elle lui permit de lui écrire tous les
jours, & le quitta charmée de lui &
de la nouvelle ſituation où elle ſe
trouvoit.

Pendant qu'elle ſe livroit aux plus
agréables eſpérances, Madame de
Raiſel s'affligeoit de la mépriſe du
Marquis ; en continuant de lui écrire ſans ſe faire connoître, elle s'é-
toit flatée de l'inquiéter, même de

l'intéreſſer: c'étoit un moyen de ſe procurer le plaiſir de l'occuper, de lui parler de ſon amour , peut-être d'en faire naître dans ſon cœur. Il n'étoit pas étonnant qu'en croyant que l'écharpe venoit de Madame d'Elmont, il n'eût pas daigné la porter: Madame de Raiſel n'oſoit paroître ; mais elle déſiroit que M. de Creſſy la devinât. Un mouvement injuſte , quoique pourtant naturel , lui faiſoit haïr la Marquiſe ; il lui ſembloit que cette femme étoit la cauſe du peu d'attention qu'on avoit fait à ſa lettre ; elle voulut au-moins ôter à M. de Creſſy toute idée qu'elle fût venue de ce côté ; & dans ce deſſein elle lui écrivit un autre billet conçû dans ces termes:

Quand la fortune & l'amour s'uniſ-ſent pour vous préparer un ſort digne de vous ; quand on veut diriger vos pas vers un objet qui mérite votre attachement, pouvez-vous vous méprendre d'une façon

ſi humiliante pour moi ? celle qui vous a
donné mille preuves d'une folle paſſion, ne
doit attirer que vos mépris ; & c'eſt vous
égarer que de chercher en elle un cœur
dont on vous aſſure que l'honneur & la
modeſtie reglent les mouvemens. Levez
les yeux plus haut ; c'eſt parmi celles
qu'on eſtime le plus, que vous trouverez
la perſonne qui peut s'attendre aux at-
tentions, aux ſoins, même à la tendreſſe
de M. de Creſſy.

Ce billet envoyé avec les mêmes
précautions que le premier, fut ren-
du au Marquis dans un inſtant où
tout rempli d'Adelaïde, il paroiſſoit
peu porté à recevoir d'autres impreſſions. Pourtant ce ſecond aveu
d'un amour délicat, le myſtere qui
l'accompagnoit, la fortune dont on
parloit, & ces mots *levez les yeux*
plus haut, le firent rêver profondément. Il ſe voyoit recherché par
une femme riche & d'un rang élevé. Madame de Raiſel s'offrit enfin

à sa pensée ; elle étoit d'une maison
si distinguée, avoit les mœurs si ré-
gulieres, un bien si considérable, de
si grandes alliances, qu'elle pouvoit
prendre ce ton sans orgueil : mais
en examinant la conduite qu'il avoit
toujours tenue avec elle, il abandonnoit un soupçon qu'il trouvoit
peu fondé. Quelle apparence qu'u-
ne femme si desirée prévînt le seul
homme peut-être qui l'avoit négligée !

Dans cette confusion d'idées,
son ambition se réveilla ; il sentit
renaître cette passion, que le desir
de regagner Adélaïde avoit affoi-
bli, mais qu'il n'avoit pû détruire.
Il ne lui vit plus ces graces sédui-
santes qui l'avoient touché, son
penchant pour elle lui parut une
foiblesse à laquelle il sacrifioit trop.
Il se repentit de l'avoir appaisée, de
l'avoir revûe, de l'avoir jamais aimée. Cependant il s'étoit lié par

les promesses, par les sermens les
plus forts ; l'honneur l'engageoit à
les remplir : mais que sa voix est foible dans un cœur où l'ambition
préside , qui se laissant séduire à
l'apas des richesses , au vain éclat
des grandeurs , préfere dans son
yvresse les dehors du bonheur au
bonheur même !

Ce jour & ceux qui suivirent, s'é-
coulerent dans un tumulte de sentimens divers qui se combattoient &
se détruisoient sans cesse. Celui où
le Marquis devoit revoir Adelaïde,
arriva, & le surprit encore dans l'in-
certitude où l'avoit jetté le billet
de Madame de Raisel.

Dans ces dispositions où se trouvoit M. de Cressy, il eût été pru-
dent de ne point voir Adelaïde,
de s'excuser près d'elle, & de profiter du tems de son éloignement
pour se déterminer ; mais les êtres
inconséquens qui nous donnent

des loix, fe font refervé le droit
de ne fuivre que celles du caprice.

Pendant que le Marquis fe livroit
à fon inquiétude, des mouvemens
bien différens agitoient Mademoifelle du Bugei ; contente de fon
amant, fans crainte, fans défiance, fe repofant fur fa foi, fur fon
amour, le plus heureux avenir s'ouvroit devant elle. Avec quelle complaifance, avec quel plaifir elle
fongeoit qu'elle alloit porter ce
nom chéri, ce nom qu'elle n'entendoit jamais prononcer fans émotion! Les chagrins que le Marquis
lui avoit donnés, s'effaçoient de
fon fouvenir ; elle n'envifageoit
qu'avec raviffement le bonheur qui
l'attendoit au retour de cette cour-
te abfence dont elle comptoit déjà
les momens. Son imagination fé-
duite par ces agréables idées, la
faifoit jouir de fes efpérances dans
l'inftant même qui alloit les renver-

fer, & la priver pour jamais d'une erreur qui lui étoit si chere.

Elle revit le Marquis avec tous les transports d'une joie naïve & d'une tendresse véritable, dont elle ne cherchoit point à lui cacher la vivacité. Ils parlerent long-tems de leur union prochaine, & des arrangemens qu'ils prendroient pour la hâter. Ces projets qu'ils formoient ensemble, augmentoient la gayeté de Mademoiselle du Bugei. Jamais elle n'avoit été plus enjouée : le Marquis, dont les intentions n'étoient plus les mêmes, avoit la cruauté de la laisser s'abandonner à ces illusions flateuses. Elle étoit sortie de chez elle, & se promenoit avec lui : pour mieux cacher le changement de son cœur, il se montroit plus passionné qu'auparavant ; il affectoit un air attendri, pénétré, l'entretenoit avec feu d'une ardeur déjà refroidie, & dont les

foibles reſtes n'avoient pour objet
que lui-même.

Le reſpect ceſſe quand l'amour
finit; ſoit que ſes réflexions euſſent
aſſez diminué le ſien, pour lui faire
perdre de vûe ce qu'il devoit à
Mademoiſelle du Bugei; ſoit que
ſa confiance & la facilité d'en abu-
ſer lui fiſſent naître le deſir d'éprouver juſqu'où la tendreſſe & la bon-
ne-foi peuvent conduire une jeune
perſonne qui n'eſt gardée que par
l'innocence de ſes penſées, il oſa
tenter de s'aſſurer par la ſéduction
un bien qu'il ne vouloit plus acquérir par les loix de l'honneur: il
devint preſſant, hardi. Ces mêmes
faveurs qu'il avoit dérobées quelques jours auparavant, long-tems
diſputées, enfin accordées, ne pouvoient le ſatisfaire; il demandoit
ſans ceſſe, obtenoit toujours, & ſe
plaignoit encore. Ses ſoupirs brû-
lans étouffés par la violence de ſes

deſirs, ſes larmes feintes, ſes prie-
res ſoumiſes, ardentes, cette phraſe
ſi ſimple en apparence, ſi ſouvent
employée, & toujours trop puiſ-
ſante ſur le cœur d'une femme...
vous ne m'aimez pas ..... *ſi vous*
m'aimiez ! ... mille & mille fois ré-
pétée par lui, confondoit Adelaïde.
Elle aimoit, elle ne pouvoit ſouffrir
que ſon amant doutât de ſon amour.
De moment en moment il en exigeoit une preuve nouvelle ; & plus
elle donnoit, moins il paroiſſoit diſ-
poſé à borner ſes prétentions.

Helene étoit éloignée, le tems
un peu couvert répandoit dans le
jardin une obſcurité qui n'étoit que
trop favorable aux intentions de
M. de Creſſy. La tendre & crédule
Adelaïde, conduite par lui ſous un
feuillage épais, abandonnée à l'imprudence de ſon âge, à l'ignorance
du péril, à la foi de ſon amant, ſembloit s'être oubliée ; ſon cœur tout
entier

entier à l'amour, n'étoit diſtrait par
aucun autre objet ; ſans prévoir où
la guidoit une queſtion captieuſe,
elle y avoit répondu, elle avoit dit
qu'elle deſiroit qu'il fût heureux,
qu'elle feroit tout pour aſſurer ſon
bonheur: elle le diſoit encore quand
la témérité du Marquis portée à
l'extrême, la tirant de cette yvreſſe
dangereuſe, lui rendit la raiſon, &
la force de s'oppoſer à ſes entre-
priſes.

Elle s'arracha de ſes bras avec
un cri d'horreur ; & s'élançant hors
du boſquet, elle appella Helene à
haute voix, ſans s'embarraſſer dans
ſon effroi ſi d'autres pouvoient l'entendre. Helene accourut ; Mademoiſelle du Bugei un peu raſſurée à
ſa vûe, n'ayant pas la force de ſe
ſoutenir , s'appuya contre un arbre ; & laiſſant tomber ſa tête ſur
le ſein de cette fille qu'elle tenoit
embraſſée, elle ſe mit à pleurer avec

F

toutes les marques d'une douleur
excessive. Le Marquis honteux d'u-
ne tentative qui lui avoit si mal
réussi, prosterné à ses piés, s'efforçoit, mais en vain, de l'appaiser;
elle ne l'écoutoit pas, & continuoit
à s'affliger sans paroître s'appercevoir ni de sa présence ni de ses sou-
missions. Faisant enfin un effort sur
elle-même, elle le repoussa de la
main, fit quelques pas; & levant au
ciel ses yeux baignés de larmes : ô,
mon pere, s'écria-t-elle, vous me
l'aviez dit, & il n'est que trop vrai;
celui qui vous cachoit ses desseins
n'en formoit que contre moi ! Elle
se promena quelque tems sans s'é-
loigner; & rêvant profondément,
ensuite s'appuyant sur Hélene, elle
reprit le chemin de chez elle sans
répondre une seule fois à tout ce
que le Marquis disoit pour la flé-
chir. Elle étoit prête à rentrer lorsqu'il l'arrêta & la supplia de l'écouter.

Je ne veux rien entendre, lui dit-elle avec beaucoup de fierté; je vous mépriſe & je vous hais. Je conçois à-préſent les raiſons de la conduite biſarre que vous avez tenue avec une fille à laquelle vous deviez du reſpect, & que tout autre que vous n'eût oſé choiſir pour l'objet d'un amuſement, que la plus vile de ſon ſexe pouvoit vous procurer. Je ſuis punie, cruellement punie, ajoûta-t-elle, de cette fatale prévention qui m'a fait vous aimer, qui m'a fait croire que vous méritiez tout l'amour que je ſentois pour vous. Avec quel art vous m'avez trompée, & que mon cœur le ſoupçonnoit peu! mais ce cœur vous échappe; non, il n'eſt plus à vous; il vous déteſte, & regarde comme un bien le trait qui le déchire; mais qui l'éclaire ſur la baſſeſſe du vôtre. Rendez-moi ma lettre, continua-t-elle; rendez-moi

F ij

ce témoin d'une odieuse foiblesse ;
& puissai-je ne me rappeller jamais
le malheureux penchant qui m'entraînoit vers vous, que pour me
souvenir combien vous en fûtes
indigne !

Le Marquis consterné par ses reproches, hésitoit encore ; il ne sçavoit ce qu'il devoit faire ; il ne vouloit point lui rendre sa lettre, il la
supplioit de lui laisser le seul gage
qu'il eût de ses bontés ; il pressoit,
il pleuroit, il lui représentoit tout
ce qu'il croyoit capable de calmer
son esprit & de dissiper sa colere :
mais rien ne pouvoit effacer l'im-
pression qu'elle venoit de prendre
de son caractere ; il n'étoit plus tems
de lui en imposer ; blessée jusqu'au
fond du cœur, elle ne pouvoit plus
pardonner.

Elle réitéra avec un ton & des
expressions qui faisoient assez connoître qu'elle vouloit être obéie ;

& dès qu'elle eut cette lettre, elle rentra précipitamment, ſans daigner écouter ce que M. de Creſſy vouloit lui faire entendre.

Quelle nuit paſſa la triſte Adelaïde! il n'eſt point de peines plus difficiles à ſupporter que celles que l'amour nous cauſe. Quel mal que celui que la réflexion aigrit, & qui mêle la honte à l'oppreſſion de la douleur! Elle frémiſſoit en penſant au danger qu'elle avoit couru; le bonheur de l'avoir évité, étoit une conſolation pour elle : mais à quel prix elle en jouiſſoit! par la perte de ſes deſirs, de ſon amour, de tous ces projets flateurs qui l'avoient ſi agréablement occupée; il falloit renoncer à toutes ſes eſpérances; il falloit mépriſer celui qu'elle adoroit encore.

Ce n'eſt pas toujours ſon amant qu'on regrette le plus, quand on eſt forcée à lui retirer ſon cœur c'eſt le ſentiment dont on étoit touchée, c'eſt le preſtige aimable qui s'évanouit, c'eſt le plaiſir d'aimer; plaiſir ſi grand pour une ame tendre, qu'elle ne voit rien qui puiſſe remplacer la douce habitude qu'elle avoit priſe de s'y livrer.

Adelaïde voulut relire cette lettre que le Marquis lui avoit rendue. Mais quel étonnement pour elle en voyant au lieu de ſon écriture celle de la Comteſſe de Raiſel; écriture qui lui étoit parfaitement connue. M. de Creſſy trompé par la forme égale de ces deux billets, avoit donné à Mademoiſelle du Bugei celui qu'il avoit reçû ſans ſavoir de quelle part il venoit.

Confuſe, déſeſpérée à cette lecture, elle ne douta point qu'elle n'eût été ſacrifiée à la vanité du Marquis : elle crut ſe reconnoître dans cette perſonne qu'on accuſoit de lui donner des marques d'une

folle paſſion. Un cœur preſſé par la
triſteſſe adopte aiſément tout ce
qui peut l'affliger encore. Elle penſa que la Comteſſe étoit inſtruite
de tout ce qu'elle avoit fait pour le
Marquis de Creſſy ; elle ſe rappella
tout ce que Madame de Raiſel lui
avoit dit au Bal, & le prit pour une
cruelle raillerie ; elle ſe vit trahie &
ſe crut deshonorée ; elle éclata en
pleurs, en gémiſſemens, en cris douloureux, & paſſa le reſte de la nuit à
ſe plaindre avec Hélene du malheur de ſa deſtinée : mais comme
elle vouloit abſolument ravoir la
Lettre qu'elle avoit cru reprendre,
elle ſe détermina le matin à écrire
ce Billet à M. de Creſſy.

*Vous vous êtes trompé, Monſieur ; je
vous renvoye la Lettre de Madame de
Raiſel, & vous prie inſtamment de me
rendre la mienne. Je ne croyois pas qu'il
y eût quelqu'un au monde à qui on pût*

reprocher ſes ſentimens pour moi , ni que
perſonne oſât jamais me ſoupçonner d'a-
voir donné des preuves d'une folle paſſion. C'eſt bien aſſez pour me faire rougir, de vous en avoir donné d'une tendreſſe
pure & véritable , que vous étiez indigne
d'inſpirer. Rendez ma Lettre à Hélene ,
& ſoyez à jamais ſûr du mépris d'Adélaïde.

Elle joignit à ce Billet tous ceux
qu'elle avoit reçûs du Marquis, &
chargea Hélene de lui rendre ce paquet, avec un ordre poſitif de ne
rapporter d'autre réponſe que celle
qu'elle demandoit.

Cette Fille s'acquitta de ſa com-
miſſion ; mais elle n'eut pas beſoin
d'inſiſter long-tems ſur le refus d'u-
ne réponſe pour ſa Maîtreſſe. Le
Marquis charmé de la découverte
qu'il venoit de faire , étoit bien
éloigné de ſonger à ſe juſtifier auprès d'Adelaïde ; & s'il feignoit de
le

le vouloir faire, c'étoit par une ſuite de cette diſſimulation qui lui étoit naturelle, & que les caracteres faux employent, même lorſqu'elle leur eſt inutile.

La Lettre que Mademoiſelle du Bugei demandoit, lui fut rendue, & l'après-midi de ce jour elle partit avec M. du Bugei pour aller à Gerſay. L'effort qu'elle ſe faiſoit pour cacher ſa douleur, le chagrin dont elle étoit accablée, lui cauſerent dès le lendemain de ſon arrivée une fievre violente ; & bien - tôt ſon mal augmenta ſi conſidérablement, qu'on douta qu'il fût poſſible de la retirer d'un état ſi dangereux.

Pendant qu'elle ſe mouroit à Gerſay, l'objet d'un ſentiment ſi tendre, d'une paſſion ſi vive, d'une ſituation ſi déplorable, déjà dégagé des foibles liens qui l'attachoient à elle, par une baſſe ingratitude oublioit & ſon amour & les peines qu'elle devoit reſſentir.

G

C'eft un des avantages de la fu-
périorité de l'ame d'un homme fur
la nôtre, que cette force qui lui fait
étouffer avec facilité les remords
legers qui s'élevent quelquefois dans
fon cœur au fouvenir d'une femme
fenfible & malheureufe, à laquelle
fouvent il ne peut reprocher que
de l'avoir honoré d'une eftime qu'il
ne méritoit pas.

De tant de marques de tendreffe que M. de Creffy avoit reçues
d'Adelaïde, la feule dont peut-être
il lui fçavoit gré, étoit ce mouvement de dépit qui l'avoit fait écrire
& nommer Madame de Raifel. En
apprenant qu'elle étoit la perfonne
qui le préféroit & defiroit de lui
plaire, il convint qu'en effet la fortune & l'amour s'étoient unis pour
le combler de leurs faveurs.

La Comteffe parée de tous les
dons qui pouvoient attirer fes vœux,
offroit à fon idée une foule de plai-

ſirs dont il jouiroit avec elle & par elle; le faſte, l'éclat, les graces, la beauté, un titre qu'il ambitionnoit & que
cette alliance pouvoit lui procurer
avec le tems; que de raiſons pour rendre ſes pourſuites ardentes! Mais il
falloit cacher cette ambition qui le
guidoit vers elle; il falloit prévenir
le tort que ſon procédé pour Adelaïde pouvoit lui faire dans l'eſprit
de Madame de Raiſel, ſi jamais elle
en étoit informée. Après l'avoir vûe
ſi long-tems avec indifférence, il
n'oſoit ſe montrer tout-à-coup
amant paſſionné, encore moins paroître inſtruit de ſes ſentimens. Il
craignoit de bleſſer ſon orgueil ou
ſa délicateſſe en l'arrêtant dans la
route qu'elle s'étoit tracée, & que
peut-être elle prenoit plaiſir à ſuivre.

Ces conſidérations le porterent
à en agir en apparence comme il
avoit coutume de faire; il n'alla

pas plus souvent chez Madame de Raisel, mais il se renferma sans affectation dans le cercle où elle vivoit; sans lui parler d'un amour dont il vouloit qu'elle fût persuadée, il se conduisit d'une façon à faire juger à tout le monde qu'il en ressentoit un violent pour elle : il ne sembloit jamais ni l'attendre ni la chercher; mais une rêverie où il paroissoit s'abandonner, & dont sa présence le retiroit; l'embarras que ses moindres plaisanteries lui causoient, une application continuelle à étudier ses goûts, l'air naturel dont il les adoptoit, toutes ces petites choses qui ne prouvent aux personnes indifférentes que les attentions de l'amitié, mais qu'un cœur prévenu prend pour les soins de l'amour; l'art de développer ses talens, de se parer des qualités brillantes d'un caractere estimable, tout fut employé, & tout réussit au Marquis au-delà de fes efpérances : la Comteffe le crut aifément tout ce qu'il vou-loit paroître.

Les hommes s'épargneroient la plus grande partie des peines qu'ils fe donnent pour nous en impofer, s'ils pouvoient imaginer combien la nobleffe de nos idées leur donne de facilité pour nous tromper. Une femme croiroit fe dégrader en fup-pofant des vices à l'objet qu'elle a choifi pour celui de fes affections ; & dès qu'elle aime, elle accorde plus de vertus à fon Amant qu'il n'ofe en feindre.

Tout le monde affûroit Madame de Raifel que le Marquis de Creffy l'aimoit ; c'étoit avec plaifir qu'elle l'entendoit dire. Elle craignoit en-core de fe livrer à une joie que l'é-venement pouvoit détruire : cepen-dant elle avoit pour lui les diftinc-tions les plus flateufes, & n'atten-doit que l'aveu de fes fentimens

pour lui montrer combien les fiens
étoient tendres & finceres.

Il commençoit à fe rendre affidu
chez elle, lorfqu'un jour une legere
indifpofition lui faifant garder la
chambre, M. de Creffy fut admis,
malgré le deffein formé qu'elle
avoit pris de ne voir perfonne. Elle
étoit rêveufe, même trifte. Le Marquis fe conformant à l'air férieux
qu'il lui voyoit, lui en demanda la
raifon avec toute l'apparence de la
plus tendre inquiétude. La Comteffe lui dit qu'une perfonne qu'elle
aimoit avoit été fort mal, & ne
jouiffoit encore que d'une fanté très-
languiffante ; qu'elle venoit de l'apprendre dans le moment : elle ajoûta que c'étoit une perfonne charmante, & tout de fuite elle nomma
Mademoifelle du Bugei.

Le Marquis perdit toute conte-
nance à ce difcours ; il changea de
couleur, & refta les yeux baiffés dans

un ſilence qui ſurprit la Comteſſe.
Je vois, lui dit-elle en l'examinant
avec attention, que cette nouvelle
vous donne bien de l'émotion; je
ſuis fâchée de vous l'avoir annon-
cée avec ſi peu de ménagement,
mais j'ignorois l'effet qu'elle pourroit produire ſur vous; & voyant
qu'il continuoit à ſe taire: je ne ſça-
vois pas, ajoûta-t-elle, que vous
euſſiez des liaiſons particulieres
avec Adelaïde; je l'aime, ſa perte
m'eût infiniment touchée, & je ne
ſçais pourquoi vous rougiſſez de
montrer que vous y ſeriez encore
plus ſenſible.

Si j'ai quelques liaiſons avec Mademoiſelle du Bugei, Madame, reprit le Marquis, elles ſont d'une eſpece à me chagriner le reſte de ma
vie. Je puis rougir & paroître con-
fus en apprenant l'état où elle s'eſt
trouvée, puiſque j'ai tout lieu de
m'accuſer d'en être la malheureuſe

cauſe. Vous , s'écria la Comteſ-
fe ! Ah , Madame, interrompit M.
de Creſſy , ſuſpendez votre juge-
ment ! je ſuis homme , jeune, vain
peut - être. Je ne prétends pas que
ma conduite ſoit exempte de tout
reproche: j'ai des torts, je les ſens,
je ne puis me les pardonner. Mais
ſi vous ſçaviez .. ſi mon cœur vous
étoit mieux connu, peut-être ne me
condamneriez-vous pas?

  Il eſt difficile de vous comprendre, dit la Comteſſe un peu trou-
blée: en ſuppoſant que l'intérêt vif
que vous prenez à Mademoiſelle
du Bugei, décele un tendre penchant , pourquoi donc rougiriez-
vous en le laiſſant paroître ? Par
quelle ſingularité votre amour ſe-
roit-il un malheur pour elle ? quels
ſont ces torts que vous vous repro-
chez, que vous craignez de ne pouvoir vous pardonner ? s'il vous eſt
poſſible de me les faire connoître,

fans que cette confidence offenfe
Adelaïde ou lui nuife, vous m'o-
bligerez par votre confiance.

Si les mouvemens de notre cœur
dépendoient de nous, de nos réflexions, reprit M. de Creffy, Adelaïde
feroit heureufe, & je ne fentirois
pas le regret affreux d'avoir troublé fon repos & détruit, au-moins
pour quelque tems, la douceur &
l'agrément de fa vie. Mais, Madame, comment vous avouer une legereté, une indifcrétion que rien ne
peut excufer? C'eft une faute que je
n'oublierai point, & dont le fouvenir m'affligera fans ceffe.

Madame de Raifel pénétrée de
l'air & du ton dont il s'exprimoit,
réitéra la priere qu'elle lui avoit
faite, & le preffa de lui apprendre
ce qui caufoit fa peine; & M de
Creffy charmé de trouver cette oc-
cafion de la prévenir fur la feule
chofe qui pouvoit lui découvrir fa

façon de penſer, feignant de céder
à ſes inſtances : Je vais, Madame, lui
dit-il, m'expoſer à perdre par ma
ſincérité une partie de l'eſtime dont
vous m'honorez ; mais pouvez-vous
former un deſir qu'il ſoit en mon
pouvoir de ſatisfaire, ſans que mon
cœur vole au-devant de vos vœux ?

Vous n'ignorez pas, Madame,
avec quelle indifférence j'ai vû toutes les femmes, même celles qui ont
paru me diſtinguer. Occupé du ſoin
de faire ma cour, de remplir les devoirs que mon état m'impoſe, d'acquérir des amis, j'ai évité de me livrer à des amuſemens peu faits pour
me ſéduire. Un naturel ſenſible, un
caractere vrai, m'ont fait enviſager
l'amour comme une paſſion qu'il
étoit heureux de ſentir, mais ridicule de feindre. Dans ces diſpoſitions,
je vous vis, Madame, & mon cœur
me dit que vous étiez la ſeule perſonne qui pût m'inſpirer ces ſenti-

mens délicieux qui, nés de l'admiration, accrus par le reſpect, entrete-
nus par l'eſtime, & ſoutenus par l'a-
mitié, rempliſſent tous les vuides
de l'ame, & forment ces chaînes
douces & durables que le tems ne
peut rompre : mais la différence de
nos fortunes, le bruit répandu du
peu de goût que vous montriez pour
prendre de nouveaux engagemens,
tant de partis plus avantageux que
vous aviez éloignés, aſſez de hauteur peut-être pour craindre d'eſ-
ſuyer des refus, mille raiſons me for-
cerent à cacher l'ardeur que vous
m'inſpiriez. Je voulus en triompher;
je contraignis mes deſirs qui m'en-
traînoient ſur vos pas ; j'évitai les
occaſions de vous voir ; je ne parus
chez vous que lorſque la bienſéance
m'obligea de m'y montrer. C'eſt
dans ce tems, Madame, qu'Adelaïde me laiſſa voir des diſpoſitions ſi
favorables, qu'il me fut impoſſible

de conſerver de la froideur auprès
d'une fille charmante qui ne me cachoit pas que j'avois ſçû lui plaire.
Sans eſpérance près de vous, ſans
paſſion pour elle, déterminé ou plûtôt emporté par cette vanité qui
nous rend ſenſibles aux préférences,
je me plûs à ſuivre tous les mouvemens de Mademoiſelle du Bugei. Je
me livrai au plaiſir de voir naître
dans ſon cœur un amour dont je
n'enviſageai point les ſuites : j'en ad-
mirois les progrès, ils me flattoient;
& je m'en applaudiſſois par une
étourderie dont je ne puis trop me
repentir.

Je voyois ſouvent Adelaïde chez
Madame de Gerſay ; quand elle
manquoit à s'y rendre, je la cherchois à la promenade, dans les mai-
ſons où elle alloit, par-tout où je
croyois la trouver; elle amuſoit mon
inquiétude, & cet ennui inſépara-
ble d'un homme iſolé qui ne tient

fortement à rien, & dont les defirs n'ont pour objet qu'un bonheur qui le fuit. Mes affiduités furent remarquées, M. du Bugei voulut me faire expliquer fur mes deffeins. C'eft alors que m'avouant que je n'en avois aucun, je reconnus toute l'imprudence de ma conduite. Sûr d'être aimé d'Adelaïde, un fentiment de reconnoiffance me portoit à m'unir pour jamais avec elle : mais en y réfléchiffant plus mûrement, je penfai que ce feroit la trahir. Je ne crus pas devoir la lier à un époux dont elle ne fixeroit pas les vœux. J'aimai mieux paffer pour intéreffé aux yeux de M. du Bugei, en prenant le feul prétexte qui pouvoit me dégager; j'aimai mieux paffer pour ingrat & leger à ceux d'Adelaïde, que de rifquer de la rendre malheureufe un jour par mon indifférence. Je refufai donc, & ne rendis plus de foins à Mademoifelle du Bugei. Je la revis au Bal où vous étiez toutes deux ; ſon air abattu, ſa triſteſſe, quelques mots qu'elle me dit, le reproche ſecret que je me faiſois d'avoir entretenu ſa tendreſſe ſans la partager, l'intérêt qu'on prend toujours aux peines que l'on cauſe, ſa jeuneſſe, ſa beauté, ſon amour, me firent une impreſſion ſi vive, que j'allois peut - être lui offrir toutes les preuves qu'elle pouvoit exiger de mon repentir ; lorſqu'en jettant les yeux ſur vous, je ſentis que tout cédoit dans mon cœur à l'attrait invincible qui m'entraînoit vers Madame de Raiſel.

Comment m'ôter pour toujours le foible eſpoir qui me ſéduiſoit quelquefois ? comment m'ôter ma liberté, pendant que vous jouiſſiez de la vôtre ? Je n'attendois pas le bien que je deſirois ; mais ſi rien ne me le promettoit, au-moins un obſtacle inſurmontable ne me privoit pas du plaiſir d'y ſonger, de m'en occuper dans ces momens où des idées vagues flatant l'imagination qui les enfante, ſemblent aplanir toutes les difficultés qui s'oppoſent à nos ſouhaits.

J'avois reçû un billet dont j'avois été foiblement affecté, ſur-tout ayant penſé, par je ne ſçais quelle fantaiſie, qu'il venoit de Madame d'Elmont; j'en reçus un autre qui m'apprit que le premier n'étoit pas d'elle: Vous le dirai-je, Madame, ajoûta le Marquis en s'interrompant, oſerai-je vous dire de quelle main je penſai qu'il venoit?

La Comteſſe baiſſa les yeux, rougit; & d'un air d'intérêt, & avec un ton qui marquoit aſſez combien ce diſcours l'attachoit, elle le pria de continuer.

Je le crus de vous, Madame; & mon amour ſe réveillant avec force, plus d'Adelaïde, plus d'inquié-

tude ſur ſes ſentimens. Que m'im-
portoit alors ſon eſtime ou ſa tendreſſe, ſes plaiſirs ou ſa peine ? Je
ne vis que Madame de Raiſel, ſon
image adorée remplit tout mon
cœur; j'abandonnai Mademoiſelle
du Bugei, je ne la revis que pour
lui prouver que je ne l'aimois point,
que je ne ſerois jamais à elle ; & par
une dureté condamnable, je la ré-
duiſis à faire des efforts ſur elle-
même, à s'éloigner pour oublier
un Amant qu'elle doit déteſter, &
qui ne peut ſe ſouvenir d'elle ſans ſe
mépriſer lui-même.

Que je plains Adelaïde, dit alors
Madame de Raiſel! qu'il lui ſera difficile de ſe conſoler d'un tel évenement! pourra-t-elle vous oublier ?
mais achevez ; votre ſincérité me
touche, & votre confiance me flate.

Que vous dirai-je de plus, Madame, continua M. de Creſſy; je
n'oſai vous laiſſer voir ce que je
croyois

croyois avoir pénétré ; mais je ne pûs réfifter au plaifir de vous montrer que j'obéiffois à vos ordres, en levant les yeux vers l'objet le plus digne de mon attachement. Vous fçavez tout, Madame ; vous venez de lire dans un cœur qui vous eft foumis, qui vous l'a toujours été, dont le fort dépend de vos bontés. Quel prix m'eft-il permis d'attendre de mon obéiffance ? puis-je efpérer qu'une pâffion que vous feule pouviez allumer dans ce cœur, vous touche en effet ? Eft-ce vous, eft-ce l'aimable Comteffe de Raifel qui a daigné m'avertir de chercher mon bonheur ? éclairciffez mes doutes ; j'attens à vos pieds l'arrêt que vous allez prononcer. Parlez, Madame, parlez, & fongez que ce moment va décider pour jamais du fort d'un homme qui vous adore.

Qui n'eût point ajouté foi à ce récit fi fimple, fi naturel ? pourquoi

H

Madame de Raiſel en eût-elle ſoup-
çonné la vérité? Elle crut le Marquis ; & lui tendant une main qu'il
reçut à genoux, & ſur laquelle il
imprima le baiſer le plus ardent :
oui, c'eſt moi, lui dit-elle, qui ai
deſiré votre amour ; vous me voyez
pénétrée de l'aveu que vous m'en
faites. Qu'il m'eſt cher cet amour !
je le partage, j'oſe le dire, & je ferai vanité de le prouver : oui, je mets
tout mon bonheur à penſer que
vous m'avez choiſie pour faire le
vôtre.

Une déclaration ſi préciſe fut
reçue avec tous les tranſports d'u-
ne joie véritable. La Comteſſe s'efforça de perſuader à M. de Creſſy,
que ſi ſa conduite avec Adelaïde
n'étoit pas tout-à-fait irréprocha-
ble, il devoit cependant ceſſer de
s'en affliger ; que la maladie qu'elle
venoit d'avoir, pouvoit provenir
d'une autre cauſe ; & qu'à ſon âge

le tems & l'abſence effaçoient les plus fortes impreſſions : ce n'eſt pas que je blâme votre ſenſibilité, ajouta-t-elle ; au contraire, elle redouble mon eſtime, & mon cœur ſe plaît à découvrir que le vôtre eſt capable d'une tendre compaſſion.

M. de Creſſy parvenu à ſe faire un mérite du procédé cruel qu'il avoit eu pour Mademoiſelle du Bugei, arrivé au moment de perſuader à Madame de Raiſel qu'il l'avoit aimée dans un tems où il n'avoit aucune vûe ſur elle, enfin à paroître à ſes yeux le plus ſincere & le plus tendre de tous les hommes, s'applaudiſſoit de la fineſſe avec laquelle il la trompoit. Il attribuoit ſes ſuccès à ſon adreſſe : erreur groſſiere de tous ceux que la fauſſeté guide. On eſt crédule ſans être foible ni imprudent, & l'extrême confiance naît toujours du

peu d'idées qu'on a qu'il y ait des
ames affez baffes pour en abufer.

Peu de tems après cet entretien,
Madame de Raifel annonça le jour
de fon mariage & l'époux qu'elle
avoit choifi. Le Marquis reçut les
félicitations de tous ceux qui con-
noiffoient la Comteffe ; fon bonheur fut envié par une foule de ri-
vaux moins heureux , & peut-être
plus dignes de l'être. Ces nôces fe
firent avec éclat, & les fêtes brillantes qui les fuivirent , marque-
rent affez le contentement des deux
époux. Madame de Raifel avoit
donné à M. de Creffy tout ce qu'il
étoit en fon pouvoir de lui rendre
propre. Sa fortune affurée, fon ambition fatisfaite, l'amour & les charmes de la Marquife, une maifon devenue le temple de la gayeté, lui
firent goûter tant de plaifirs dans
cette union, qu'il oublia facilement
la route qu'il avoit prife pour acquérir les biens dont il jouiffoit.

Madame de Cressy, bien plus heureuse, puisqu'elle aimoit & se croyoit adorée, se disoit à chaque instant qu'elle régnoit sur un cœur tendre, sincere, généreux, tout à elle, sur un cœur dont elle croyoit que rien n'égaloit la noblesse & la grandeur : elle voyoit un dieu dans son mari, il lui devenoit tous les jours plus cher ; sans cesse occupée à lui procurer de nouveaux amusemens, elle sembloit ne vivre, ne respirer que pour répandre l'agrément sur les jours de celui qu'elle aimoit ; les moindres desirs du Marquis, ses plus legeres fantaisies, devenoient une affaire pour Madame de Cressy ; elle lui sacrifioit ses propres goûts, même le plaisir de le voir ; plaisir si grand pour elle, que le tems ni l'habitude ne purent le lui rendre moins sensible.

Cependant Adelaïde après plus d'un mois de maladie, & près de

deux de convalefcence, avoit enfin
recouvré la fanté : mais une fombre
trifteffe s'étoit emparée de fon efprit; elle avoit perdu pour jamais
cet état paifible qui rend fufceptible de goûter tous les plaifirs qui fe
préfentent , & fe fuccedent dans
l'âge heureux où on ne les choifit
pas. Le chagrin avoit laiffé de fi
profondes traces dans fon cœur ,
l'amour régnoit encore avec tant
de puiffance fur fon ame , elle étoit
fi peu capable d'oublier le cruel qui
s'étoit plu à la rendre malheureufe, que la feule penfée de reparoître
dans les lieux qu'il habitoit, la faifoit retomber dans des foibleffes
prefque auffi dangereufes que l'a-
voit été l'ardeur de fa fievre. Le
Comte de Saint-Agne , jeune, bien-
fait , aimable , auquel elle étoit
deftinée , augmentoit encore fa
peine par les foins qu'il lui rendoit.
Rien ne pouvoit la diftraire ; le fou-

venir de M. de Creſſy animoit ſeul
un cœur accoutumé à ne s'occuper
que de lui. Que de larmes accom-
pagnoient ce ſouvenir douloureux,
mais cher, mais vif, & ſans ceſſe
préſent à ſon ame ! Dans cette ſituation, ſon retour à Paris ou à la
Cour étoit pour elle le comble du
malheur; & chaque jour qui rappro-
choit celui où elle devoit quitter
Gerſay, ajoutoit à ſon ſupplice.

Un ſoir qu'elle étoit dans l'appartement où tout le monde ſe raſ-
ſembloit pour jouer, le Chevalier
de Saint-Hélenes qu'on attendoit
depuis huit jours à Gerſay, arriva,
& pour excuſer ſon retard, rendit
compte des affaires qui l'avoient
obligé de reſter à Paris: c'étoit le
mariage de Madame de Raiſel & de
M. de Creſſy. Madame de Gerſay
entra dans des détails, lui fit mille
queſtions, & le Chevalier s'étendit
avec plaiſir ſur un diſcours qui paroiſſoit intéreſſer.

Que devint Adelaïde en l'écoutant ? un froid mortel saisit son cœur; pâle, tremblante, sans force & presque sans sentimens , elle se renversa sur le siege où elle étoit assise, & fermant les yeux elle desira de ne les rouvrir jamais : par bonheur pour elle, M. du Bugei n'étoit pas présent ; & comme depuis sa maladie elle étoit très-foible, on ne chercha point d'autre cause à son évanouissement.

Il fut long ; & lorsqu'elle reprit la connoissance, elle se trouva dans son lit environnée de plusieurs personnes qui s'efforcerent de la rappeller à la vie. Elle fit connoître qu'elle desiroit d'être seule ; & dès qu'elle se vit en liberté : il est marié, s'écria-t-elle en se jettant dans les bras d'Helene ! il est marié ! Helene, il est marié, lui répéta-t-elle mille fois ; je n'ai plus de doute, de crainte, d'espérance ; il est perdu , pour jamais

jamais perdu! rien ne peut me le
ramener, rien ne peut me le rendre.
Madame de Raifel eft heureufe! elle
triomphe dans fes bras des pleurs
d'une fille infortunée!. a-t-elle
mérité ce cœur qu'elle m'enleve?
L'inhumaine, avec quel air de vérité elle feignoit de s'intéreffer à
mes peines, d'en ignorer le fujet!
Elle m'offroit des fecours, des con-
feils, de l'amitié: ah la cruelle! elle
eft fa femme, elle regne fur fes volontés, elle fait fes plaifirs, elle les
partage; il lui eft permis de conten-
ter tous les defirs de ce qu'elle aime; elle peut fans rougir recevoir
fes careffes, les lui rendre, mettre
fon bonheur à s'y montrer fenfible: & moi je ne dois me rappeller qu'avec honte ces momens....
momens délicieux, & pour toujours gravés dans ma mémoire!
Ah, pourfuivit-elle dans l'amertume de fon cœur, Helene! impru-

I

dente Helene ! pourquoi ta fatale complaisance m'exposa-t-elle à le revoir ? Hélas, sans toi, sans ta facilité, j'ignorerois une partie de mes pertes !

M. du Bugei interrompit ses tristes plaintes ; il venoit sçavoir comment elle se trouvoit. Helene l'assura qu'elle n'avoit besoin que de repos ; & la malheureuse Adelaïde passa la nuit dans un saisissement, qui retenant ses larmes, faisoit que le peu qu'elle en versoit déchiroit son cœur sans le soulager.

Elle fut quelques jours dans cet excès d'accablement ; mais faisant violence à tous ses sentimens, elle parut se calmer. Son pere attendoit le retour de sa santé pour la ramener à Paris ; mais elle avoit pris la résolution de n'y rentrer jamais.

Elle pria M. du Bugei de lui permettre de passer un mois à Chelles, où elle lui fit entendre qu'elle espé-

roit se rétablir tout-à-fait. Il y con-
sentit avec peine ; & ce fut avec une
extrême répugnance qu'il la conduisit lui - même à cette Abbaye.
Mademoiselle du Bugei pleura
beaucoup en se séparant de lui ; &
le chagrin qu'il sentit lui-même en
la laissant à Chelles, fut un présage
de la perte qu'il alloit faire. L'aimable & triste Adelaïde , peu de jours
après son arrivée entra au noviciat ,
où ses épreuves abregées par l'avantage qu'elle avoit d'avoir été élevée
dans la maison , lui permirent au
bout de six mois de prendre le voile
blanc , malgré les regrets de son
pere, la douleur du Comte de Saint-
Agne qui l'aimoit, & les efforts réu-
nis de toute sa famille.

Madame de Cressy s'affligea du
parti que prenoit Adelaïde ; elle
craignit que ses sentimens pour le
Marquis ne l'y eussent déterminée ;
elle n'osa s'en expliquer avec lui ,

dans la crainte de le chagriner, &
d'ajouter au reproche fecret que
peut-être il fe faifoit à lui - même.
Le malheur d'Adelaïde étoit un
poids pour la Marquife; fon cœur
vraiment généreux , fouffroit en
fongeant qu'elle avoit innocem-
ment caufé fa perte ; elle donna
des larmes au fort d'une jeune perfonne qui s'arrachoit au monde
dans un âge où peu capable de
juger des effets du tems , & guidée par un mouvement qu'il pouvoit détruire , fe livroit à l'horreur
d'un repentir infructueux & éternel.

Plus d'un an s'étoit paffé dans le
raviffement d'une paffion heureufe , fatisfaite & toujours vive. Peut-
être la Marquife eût-elle joui long-
tems de cet état paifible , fans un
évenement où fa bonté l'intéreffa.

Mme de Berneil ancienne amie de
la mere de Madame de Creffy, vivoit

retirée au Val-de-Grace, avec une
fille, ſeul fruit d'un mariage mal
aſſorti qui avoit renverſé ſa fortune, par une ſuite de malheurs dont
le détail eſt peu néceſſaire. Une
penſion du Roi la faiſoit ſubſiſter
avec aſſez d'aiſance. Cette penſion
s'éteignoit par ſa mort, & ſa fille
avoit beſoin d'amis pour en conſerver une moitié que la faveur pouvoit lui accorder, mais qu'on ne lui
devoit pas. Madame de Berneil qui
avoit éprouvé plus d'une fois combien Madame de Creſſy étoit portée à obliger, ſe ſentant dangereuſe-
ment malade & près de ſa fin, eut
recours à elle; elle lui fit écrire ſon
état; & la Marquiſe s'étant rendue
auprès d'elle, trouva cette Dame
preſque expirante, & ſi occupée du
ſort de ſa fille, que Madame de
Creſſy pénétrée d'une inquiétude ſi
naturelle & du ſpectacle qu'offroient
à ſes yeux les larmes de la fille & la

I iij

douleur touchante de la mere, promit avec ferment de fe charger du
foin de Mademoifelle de Berneil,
de la retirer chez elle, & de ne s'en
féparer qu'après lui avoir procuré
un établiffement convenable à fa
naiffance, & qui pût la rendre heureufe.

Il fembloit que Madame de Berneil n'attendît que cette promeffe
d'une femme dont la nobleffe des
fentimens lui étoit connue, pour
rendre au ciel une ame devenue
plus tranquille. Elle mourut le foir
même; & la Marquife qui ne l'avoit
point quittée, embraffant tendrement Mademoifelle de Berneil, lui
renouvella les affurances qu'elle
avoit données à fa mere, & la con-
duifit chez elle, où elle la recommanda aux foins de fes femmes,
pendant qu'elle alloit à Verfailles
chercher M. de Creffy qui l'y attendoit.

Elle lui rendit compte des engagemens qu'elle avoit pris , & lui
montra un peu de crainte qu'ils ne
puffent lui déplaire, s'excufant fur
le moment qui ne lui avoit pas permis de le confulter. M. de Creffy
badina de cette efpece de foumif-
fion, qu'il traita d'enfance ; il l'af-
fura qu'il approuveroit toujours ce
qu'elle feroit. En effet il eut pour
Mademoifelle de Berneil tous les
égards qu'il auroit cru devoir à une
foeur chérie. Elle fut traitée par la
Marquife , non comme une fille
dont le fort dépendoit de fes bontés, mais comme une amie dont le
féjour chez elle devoit être fuivi de
tous les agrémens qu'on s'efforce
de procurer à ceux dont on attend
des bienfaits.

Hortenfe de Berneil avoit un
peu plus de vingt ans ; fa figure n'a-
voir rien de remarquable que l'art
avec lequel elle en cachoit les dé-

fauts; un goût de parure, affez rare
dans une perfonne élevée loin du
monde , donnoit de l'élégance à
tout ce qu'elle portoit ; le defir de
plaire l'avoit toujours occupée,
quoique long-tems fans objet ; elle
avoit de l'efprit, peu de brillant,
beaucoup de réflexion. Il étoit difficile de la connoître; un air froid
& le filence qu'elle gardoit fur fes
goûts,la faifoient paroître d'une extrême indifférence. L'ennui d'une
retraite forcée avoit mis de la dureté dans fon caractere. Elle avoit
de l'humeur, & fçavoit en cacher
l'aigreur fous l'apparence intéref-
fante d'une fanté délicate, que la
moindre émotion altéroit; capri-
cieufe, jaloufe, fufceptible de paffion, fans être capable de tendreffe
ni d'amitié, Hortenfe étoit peu
faite pour fentir la conduite que
Madame de Creffy tenoit avec elle.

Il y avoit déjà quelque tems que

Mademoiſelle de Berneil vivoit à l'hôtel de Creſſy, lorſque le Marquis s'amuſant à étudier un air qu'on avoit mal noté, Hortenſe en le reprenant, le fit appercevoir qu'elle avoit la voix belle, & qu'elle chantoit parfaitement bien. Il aimoit la Muſique; & ce talent qu'il lui découvrit, redoubla ſes attentions pour elle. Madame de Creſſy voyoit avec plaiſir le goût qu'il prenoit pour Mademoiſelle de Berneil; elle cherchoit à la faire valoir auprès de lui, & n'attendoit qu'une occaſion favorable pour la marier & la rendre heureuſe.

M. de Creſſy étant un matin à la toilette de la Marquiſe, où il aſſiſtoit ſeul avec Hortenſe, on lui apporta une lettre qu'il ouvrit ſans réflexion, mais qu'il ne put lire ſans donner des marques d'une grande ſenſibilité. Cette lettre étoit de Mademoiſelle du Bugei; elle l'a-

voit écrite la veille, & ce jour même elle prenoit le voile noir, derniere cérémonie de la conſécration
à la vie religieuſe.

Les yeux de M. de Creſſy ſe rem-
plirent de larmes : la lettre tomba
de ſes mains ; & tandis qu'il les portoit ſur ſon viſage pour cacher ſon
attendriſſement, la Marquiſe ef-
frayée de l'effet qu'avoit produit
cette lettre, fit ſigne à une de ſes
femmes de la ramaſſer, & de la lui
apporter. Elle la prit ſans la lire ; &
courant embraſſer ſon mari, elle lui
demanda avec empreſſement qu'elle nouvelle ſi fâcheuſe pouvoit l'accabler ainſi ? Mais le Marquis ſans
changer de ſituation, lui dit de lire
la lettre. Elle y trouva ce qui ſuit :

*C'eſt du fond d'un aſyle où je ne re-
doute plus la perfidie de votre ſexe, que
je vous dis un éternel adieu. Naiſſance,
biens, honneurs, dignités, tout s'éva-*

nouit à mes regards. Ma jeuneſſe flétrie
par mes larmes, le goût des plaiſirs a-
néanti dans mon cœur, l'amour éteint,
le ſouvenir préſent, & le regret toujours
trop ſenſible, m'enſeveliſſent à jamais
dans cette retraite. O vous, qui m'avez
conduite à me cacher dans cette eſpece de
tombeau, ne craignez pas mes reproches,
je ne vous écris que pour vous dire que je
vous pardonne! J'offre au ciel une victime
immolée par vos mains, & je le prie avec
ardeur de répandre ſur vous tout le mérite du ſacrifice volontaire que je lui fais.
L'auguſte époux qu'Adelaïde choiſit,
effacera de ſon cœur des ſentimens qu'-
elle ne peut conſerver ſans l'offenſer : il y
mettra les vertus qu'il chérit, & l'oubli
qu'il exige ; elle oſe eſpérer qu'il lui par-
donnera les motifs qui la déterminent au-
jourd'hui. Alors proſternée aux pieds de
ſes autels, elle lui demandera pour vous
tous les biens dont vous l'avez privée ; &
ſi elle peut s'intéreſſer encore au monde
qu'elle abandonne, ce ſera ſeulement pour

s'affurer que le Marquis de Creffy est
heureux.

 Dites à Madame de Creffy que je lui
pardonne l'opinion qu'elle a eue de mon
caractere. Dites-lui que j'ai oublié fon
injuftice, & que je me fouviens feulement
de la tendre amitié que j'eus pour elle.

 La Marquife en finiffant cette lettre fe jetta dans les bras de fon mari ; & le ferrant avec une tendreffe inexprimable : pleurez, Monfieur, pleurez, lui dit-elle en le baignant de fes larmes : ah, vous ne fçauriez montrer trop de fenfibilité pour un cœur fi noble, fi conftant dans fon amour ! Aimable & chere Adelaïde, s'écria-t-elle, c'en eft donc fait, & nous vous perdons pour toujours ! Ah, pourquoi faut-il que je me reproche de vous avoir privée du feul bien qui excitoit vos defirs ! ne puis-je jouir de ce bien fi doux, fans me dire que mon bonheur a détruit le vôtre !

Le Marquis touché de ce ſentiment généreux qui lui faiſoit regretter Adelaïde, la preſſant avec tranſport, eſſuyoit ſes larmes; & par les plus tendres careſſes & les expreſſions les plus paſſionnées, la conjuroit de lui pardonner l'imprudence qu'il avoit eue de lui montrer cette lettre.

Mademoiſelle de Berneil témoin de cette ſcene touchante, conſidéroit la Marquiſe avec étonnement. Tout ce qu'elle pouvoit comprendre, c'eſt que Madame de Creſſy s'affligeoit de la retraite d'une fille que ſon mari avoit aimée, & que ſes pleurs faiſoient penſer qu'il aimoit encore. Une pareille ſenſibilité étoit au-deſſus de l'ame d'Hortenſe; elle la regarda comme une foibleſſe. Un mauvais cœur prend ſouvent pour un défaut de fermeté la bonté du naturel, dont les mouvemens lui ſont étrangers, & c'eſt ce noble

deſintéreſſement qui fait qu'on s'ou-
blie ſoi - même , pour partager la
peine d'un autre.

Le Marquis penſa triſtement pendant quelques jours à cet adieu d'A-
delaïde : mais les plaiſirs variés aux-
quels il ſe livroit , diſſiperent bien-
tôt ce leger chagrin. Madame de
Creſſy le ſentit plus long-tems. L'i-
mage de Mademoiſelle du Bugei
proſternée aux pieds des autels ,
priant pour le Marquis , attirant ſur
lui les bénédictions du ciel par ſes
vœux innocens l'attendriſſoit , & la
rendoit toujours préſente à ſon
idée. Les dernieres lignes de ſa lettre
l'étonnoient; elle ne pouvoit les entendre. Elle en demanda pluſieurs
fois l'explication à M. de Creſſy ;
mais l'embarras & l'humeur que lui
donnoient ces queſtions , la déterminerent à n'en plus parler.

Cependant cette marque de ré-
ſerve dans un homme pour lequel

elle n'en avoit aucune, toucha vivement la Marquife, lui donna de l'inquiétude, & lui fit craindre qu'en lui parlant d'Adelaïde, M. de Creffy n'eût pas été auffi fincere qu'elle l'avoit cru. Quelle étoit cette opinion que Mademoifelle du Bugei l'accufoit d'avoir eue de fon caractere ? qu'avoit-elle à lui pardonner? il paroiffoit un myftère dans ces expreffions, qu'elle defiroit ardemment d'approfondir ; fon extrême complaifance pour M. de Creffy la força au filence ; & refpeétant le fecret qu'il vouloit garder, elle ne fit point de démarches pour le découvrir. Mais cette premiere preuve qu'elle n'avoit pas toute fa confiance, & qu'il avoit pû lui déguifer la vérité, la chagrina. La feule idée d'avoir été trompée dans la plus petite chofe par une perfonne que l'on aime & qu'on croyoit incapable de détour, porte un trait vif dans le cœur; trait qui bleffe à tout moment, ouvre l'entrée au foupçon, rend tout incertain, & laiffe entrevoir que le bonheur dont on jouit peut n'être qu'une chimere prête à s'évanouir.

Mademoifelle de Berneil, à laquelle la Marquife ouvroit fon cœur, étoit bien éloignée de comprendre cette délicateffe de fentiment qui troubloit la douceur de fa vie ; elle badina M. de Creffy fur la mélancolie que lui avoit caufé la lettre d'Adelaïde ; & donnant un tour plaifant & malin à ce pouvoir qu'il avoit fur les ames fenfibles, elle fe félicita de n'être pas du nombre de celles qui ne fçavoient pas réfifter à l'amour, & dit au Marquis qu'elle s'étonnoit fort qu'on abandonnât le monde feulement pour n'avoir pu lui plaire ou le fixer. Pour moi, continua-t-elle, comme j'en chéris les plaifirs, quoique je me croye fûre de mon cœur, je ne
veux

veux plus vous regarder, de crainte qu'il ne me prenne envie de retourner au Couvent.

Cette raillerie piqua le Marquis dont la vanité étoit extrême : pensez-vous, lui dit-il en riant, qu'il vous fût si facile de résister à mes soins, si je vous en rendois d'assidus. En vérité je le pense, reprit Mademoiselle de Berneil ; & quoique vous soyez très-aimable, je crois & j'éprouve qu'il est possible de vous voir & de conserver beaucoup d'indifférence. Oui, dit le Marquis, cela est possible ; mais vous ignorez ce que le désir de plaire répand d'agrémens dans un homme qui s'en occupe. Il faut avoir été aimé de quelqu'un, pour s'assurer qu'on peut lui résister : & si je vous aimois, si je cherchois à vous le persuader, peut-être reviendriez-vous de l'opinion que vous avez de la fermeté de votre

K

cœur. Ho! non, non, aſſûrément, reprit Hortenſe, & vous êtes préci-ſément la ſeule perſonne qui ne pourroit jamais réuſſir auprès de moi : comme vous ne ſçauriez me montrer de deſirs ſans m'offenſer, ni m'aimer ſans manquer à ce que vous devez à la plus aimable des femmes, ſi vous me rendiez des ſoins, je n'aurois que du mépris pour vous. Vous le croyez, dit le Marquis ; mais ſoyez ſûre que les réflexions que l'on fait de ſang-froid ne ſe préſentent pas à une ame at-tendrie. Celles qui ſemblent devoir faire mépriſer un homme indiffé-rent, ſe changent en pitié pour un amant aimé ; & nous ſçavons toû-jours trouver en nous-mêmes des raiſons pour nous livrer à des ſenti-mens qui nous flatent. Hortenſe à ce diſcours ne fit que redoubler ſes plaiſanteries, & s'obſtina à ſoûte-nir qu'elle ne redoutoit point ſes at-

taques, & que quelque paſſion qu'il
lui montrât, elle ne l'aimeroit jamais. Cette converſation fut repriſe
pluſieurs fois, & toujours avec la
même aſſûrance de la part de Mademoiſelle de Berneil.

Le Marquis accoutumé à voir
prévenir ſes deſirs, ne put ſupporter cette eſpece de mépris d'une fille à laquelle il lui ſembloit que rien
ne devoit inſpirer cette fierté ; il s'en
offenſa, & voulut l'en punir en lui
inſpirant une paſſion dont elle ſe
croyoit ſi peu ſuſceptible. La vanité
l'engagea à ſe faire une étude de lui
plaire ; elle s'apperçut de ſon deſſein, elle en rit, & ménagea ſi peu
ſon amour-propre, que du ſimple
projet de la ſoumettre il forma celui de la toucher. Le peu de progrès
qu'il fit au commencement ne ral-
lentit point ſes pourſuites : il devint
ardent, empreſſé ; & perdant de vûe
ce premier objet, il oublia ce qui l'a-

voit porté à parler le langage de l'a-
mour à Mademoiſelle de Berneil.
Il s'accoutuma à l'entretenir d'un
ſentiment qu'il ceſſa de feindre. Ce
ſentiment devint bien-tôt ſa ſeule
affaire, & l'unique mouvement qui
ſe fit ſentir à ſon cœur.

Madame de Creſſy, loin de ſoupçonner le Marquis d'un tel attachement, lui ſçavoit gré de tout ce qu'-
il faiſoit pour Hortenſe, & croyoit
lui devoir de la reconnoiſſance des
attentions qu'il avoit pour une fille
qu'elle chériſſoit & dont elle ſe
croyoit tendrement aimée. Elle
parloit de lui ſans ceſſe avec elle,
lui vantoit ſon mérite, les agrémens
de ſa perſonne, ſon eſprit, l'égalité
de ſon humeur, la douceur de ſa ſo-
ciété, l'élévation de ſes ſentimens ;
elle le comparoit à tous ceux qu'elle
voyoit, à tous ceux qu'on admi-
roit, pour le trouver plus parfait
encore.

Mademoiſelle de Berneil ap‑
plaudiſſoit aux louanges que la
Marquiſe donnoit à M. de Creſſy;
inſenſiblement elles firent impreſ‑
ſion ſur elle, l'ardeur avec laquelle
il étoit aimé l'embelliſſoit à ſes
yeux. L'amour de Madame de Creſ‑
ſy paſſa dans le cœur de ſa rivale;
& tout ce qui rendoit la Marquiſe
ſi propre à plaire, à fixer ce mari
qu'elle adoroit, formoit une ſorte
de triomphe pour Hortenſe, qui ſe
voyoit maîtreſſe de le lui enlever;
excitoit ſa vanité, & lui faiſoit re‑
garder comme un avantage bril‑
lant, le pouvoir de l'emporter ſur
une femme à laquelle elle ſe ſentoit
ſi inférieure à tous égards.

Ce fut donc à l'orgueil & à la
coquetterie, que M. de Creſſy dut
les premieres complaiſances de Ma‑
demoiſelle de Berneil; elle lui laiſſa
voir un penchant qu'elle n'oſoit
avouer; elle céda peu‑à‑peu; elle ne

fe défendit plus que fur fes devoirs, fur l'amitié qu'elle avoit pour la Marquife, fur le lien qui l'uniffoit à elle. Ces obftacles euffent été infurmontables, fi Mademoifelle de Berneil eût mieux penfé : mais dès qu'on a fait un pas vers l'ingratitude, rien ne retient plus. Le Marquis trouva les moyens de lever les foibles fcrupules d'Hortenfe ; elle fe donna à lui ; elle oublia la tendreffe & les bontés d'une amie, pour jouir du goût paffager d'un amant. Quelle différence ! quelle perte ! quoi qu'on en puiffe penfer dans l'égarement de fon cœur, un amant ne vaut pas une amie.

Mademoifelle de Berneil, en payant de retour la paffion du Marquis, cédoit peut-être moins à fon amour, qu'au defir curieux d'éprouver fi cette paffion procuroit tout le bonheur dont on l'avoit affurée qu'elle étoit la fource ; elle en cher-

choit les plaiſirs, & n'en donnoit
pas les douceurs; plus elle penſoit
avoir ſacrifié en comblant les vœux
de ſon amant, plus elle exigeoit de
ſa reconnoiſſance. L'eſpece de ſentiment qui la conduiſoit, n'étoit
pas cet attachement ſincere d'Adelaïde, ni cet amour tendre & délicat de la Marquiſe; c'étoit un mouvement voluptueux, ſur-tout le
plaiſir de dominer & de ſoumettre
un cœur à tous ſes caprices. Elle
abuſa du pouvoir que le Marquis lui
avoit donné ſur lui; elle prit un empire abſolu ſur ſes volontés, le maî-
triſa, devint ſon tyran, & l'accabla
de ces chaînes peſantes qu'on porte
avec douleur, dont on ſent tout le
poids, qu'on voudroit rompre, &
qu'on n'a pas la force de briſer.

Aſſujetti à cette maîtreſſe altie-
re, le Marquis ſe rappelloit ſouvent
avec regret l'état heureux où il vivoit avant d'avoir écouté le pen-

chant fatal qui l'entraînoit vers elle. Adoré d'une femme qui n'avoit
point d'égale , dont les qualités
brillantes fembloient n'être en elle
que pour l'avantage de ceux dont
elle étoit environnée ; qui toujours
attentive à lui plaire, n'avoit de plaifirs que ceux qu'il reffentoit , de
joie que celle qu'elle voyoit éclater dans fes yeux. Elle n'étoit point
changée cette femme charmante qui
lui avoit fait paffer des jours fi tran-
quilles , fi heureux : mais fa beauté,
fes vertus , fes foins, fes complaifan-
ces, auparavant la fource de la félicité de M. de Creffy, ne fervoient plus
qu'à le confondre, à l'affliger , à répandre l'amertume fur tous les inftans de fa vie.

Souvent maltraité par Mademoifelle de Berneil, fatigué du joug ,
honteux de le fubir, il fe livroit à
des retours vifs & preffans qui le ra-
menoient.

menoient dans les bras de la Marquiſe; quelquefois la ſerrant tendrement dans les ſiens, il retenoit à
peine des larmes que le remords arrachoit à ſon cœur. Tant d'amour
qu'il trahiſſoit, tant de confiance
dont il abuſoit, la comparaiſon qu'il
faiſoit de deux perſonnes ſi diffé-
rentes, de deux caracteres ſi oppo-
ſés, excitoient en lui des mouvemens ſi ſenſibles, qu'il y avoit des
momens où il étoit prêt à tomber
aux pieds de la Marquiſe, à lui
avouer ſa foibleſſe, à la prier d'en
éloigner l'objet : mais le peu d'habitude d'être ſincere, retenoit ſon
cœur prêt à s'ouvrir, à s'épancher
dans le ſein d'une amie, qui pouvoit encore lui rendre le calme & la
paix dont il ne jouiſſoit plus.

Mademoiſelle de Berneil le ſurprit pluſieurs fois dans ces atten-
driſſemens : des railleries piquantes,
de longues querelles, une aigreur in-

L

ſupportable, ſuivoient les moindres ſujets qu'elle croyoit avoir de ſe plaindre. Elle s'appaiſoit difficilement, & mettoit au plus haut prix l'oubli d'une faute ; mais parvenue à le ſubjuguer, à ſe rendre ſouveraine d'un cœur qu'elle s'attachoit par tout ce qui auroit dû le lui ôter, elle ne put jamais détruire le remords qu'il ſentoit de tromper la Marquiſe, ni l'attachement qu'il conſervoit pour elle. Il lui fut impoſſible d'étouffer dans l'ame du Marquis cette voix dont le cri puiſſant s'éleve, ſe fait entendre même dans l'yvreſſe du plaiſir, & nous avertit ſans ceſſe que nous n'avons pas le pouvoir cruel de goûter en paix un bonheur que nous avons oſé fonder ſur l'infortune d'autrui.

Madame de Creſſy ne s'appercevoit que trop du changement du Marquis ; toujours triſte, rêveur, elle voyoit qu'il ſouffroit, qu'une

peine secrette agitoit son ame: elle
l'avoit en vain prié de la lui confier,
elle n'osoit plus l'interroger, & lui
cachoit la douleur qu'elle sentoit
de ses chagrins, & du mystere qu'il lui
en faisoit. Elle ne pouvoit le soup-
çonner d'une intrigue au-dehors;
son assiduité chez lui & dans tous
les lieux où elle alloit, éloignoit
les idées de cette espece; il ne
marquoit aucune préference pour
les femmes qu'il voyoit; toutes ses
démarches étoient connues, il le
sembloit au-moins: cependant la
Marquise se disoit à tous momens
qu'il ne l'aimoit plus. Elle en eut
une preuve bien sensible dans une
occasion où elle devoit moins l'attendre. Elle tomba malade, & sa
maladie, quoique peu dangereuse,
fut assez longue. Mademoiselle de
Berneil se contraignit assez dans les
premiers jours, pour s'assujettir près
d'elle: mais oubliant bien-tôt ce

qu'elle devoit à ſes bontés, même à
la décence, qui l'obligeoit à ne pas
s'éloigner de l'appartement de la
Marquiſe, elle n'y parut dans la ſuite que rarement, & dans les momens où elle ne pouvoit ſe diſpenſer
de s'y faire voir. Le Marquis l'imi-
ta; & profitant de la liberté qu'il
avoit d'être ſouvent ſeul avec elle,
ſous prétexte de répéter des pieces
de clavecin, il paſſoit des heures en-
tieres dans le cabinet d'Hortenſe,
& n'étoit chez Madame de Creſſy,
que lorſqu'elle recevoit du monde.

Cette conduite d'un homme qui
lui étoit ſi cher, rendit ſa convaleſ-
cence plus fâcheuſe que ſon mal ne
l'avoit été ; elle la ſentit juſqu'au
fond du cœur, & ne douta plus
qu'elle n'eût entierement perdu celui de ſon mari. Elle renferma en elle-même cette triſte connoiſſance,
ne ſe permit aucune plainte, & ne
diminua rien de la douceur & de

l'affection qu'elle lui avoit toujours montrées.

La négligence de Mademoifelle de Berneil lui parut une fuite naturelle de la froideur de fon caractere ; ainfi elle y fit peu d'attention. Elle étoit parfaitement rétablie & fortoit depuis quelques jours, lorfqu'étant feule un matin & prête à partir pour la campagne, M. de Creffy qui n'alloit point avec elle, entra dans fa chambre pour lui donner une petite boîte d'une forme nouvelle qu'il venoit d'acheter ; elle fut touchée de cette attention, & plus encore de quelque chofe de flateur qu'il lui dit en lui préfentant ce bijou. Elle vouloit répondre ; mais en fixant le Marquis, elle lui vit un air fi trifte, fi abattu, qu'elle en fut pénétrée, & ne put lui marquer fa reconnoiffance, que par des regards expreffifs qui fembloient chercher fon fecret jufqu'au fond de

L iij

son cœur. M. de Creffy prit la main de la Marquife, il la baifa plufieurs fois d'un air timide & refpectueux ; il étoit devant elle comme on eft auprès de quelqu'un dont on defi-re une faveur, à qui on n'ofe la de-mander parce qu'on fe fent peu di-gne de l'obtenir. Jamais Madame de Creffy ne lui avoit paru plus belle, jamais elle ne lui avoit infpiré d'é-motion plus douce ; mais l'offenfe qu'il lui avoit faite fembloit élever une barriere entre elle & lui. Il ou-blioit fes droits, ou n'ofoit les ré-clamer ; il vouloit parler , il crai-gnoit de s'expliquer ; il la regardoit, foupiroit, & fe taifoit, lorfque la Marquife emportée par ce tendre fentiment que la froideur de M. de Creffy n'avoit pu altérer, paffant fes bras autour de lui, fe laiffa tomber à fes pieds ; & le preffant avec une action toute paffionnée : dites-moi, Monfieur, dites-moi, s'écria-t-elle

fondante en larmes, ce que j'ai fait
pour perdre le bonheur de vous
plaire? pourquoi m'évitez-vous?
ſuis-je devenue un objet odieux à
vos regards? Non, je ne puis vivre
& penſer que je ne vous ſuis plus
chere. Eh, qu'ai-je fait, qu'ai-je
donc fait, pour vous éloigner de
moi? Si vous m'ôtez votre amour,
ſi vous m'enlevez ce bien précieux,
devez-vous me priver de tout? Ah,
Monſieur, me croyez-vous indigne
de votre amitié?

M. de Creſſy eût voulu dans cet
inſtant que la terre ſe fût ouverte &
l'eût caché dans ſon ſein. Ah, levez-
vous, Madame, lui dit-il en rougiſ-
ſant, levez-vous! cette ſoumiſſion
ne convient qu'à moi : vous, aux
pieds d'un cruel qui a pû vous négliger, qui fait couler vos pleurs,
qui doit ſeul en verſer! Ah, vous
m'êtes chere, vous me le ſerez toujours! Je vous reſpecte, je vous ai-

me, je vous adore : mais ſuis-je encore digne de vous le dire ? C'eſt
à vos genoux, ajouta-t-il en s'y
jettant à ſon tour, que j'implore
votre pitié, que je vous demande
un généreux pardon ; je l'eſpere de
vos bontés ; je l'attens de la grandeur de votre ame. Apprenez, Madame, dans quel égarement . . . . .
Il alloit pourſuivre, quand Mademoiſelle de Berneil qui alloit avec
la Marquiſe, avertie qu'elle étoit
prête, & craignant de la faire attendre, ouvrit bruſquement la porte,
& le ſurprit à genoux, arroſant de
pleurs les mains de ſa femme, qui
s'efforçoit de le relever.

M. de Creſſy conſterné à ſa vûe,
reſta muet, interdit ; la parole ex-
pira ſur ſes levres : en vain la Marquiſe le preſſoit de s'expliquer, l'aſ-
ſuroit qu'elle lui avoit déjà pardonné : glacé par la préſence de Mademoiſelle de Berneil, il ne pouvoit ni

parler ni lever les yeux. Enfin paroissant se remettre, il présenta la main à Madame de Cressy, la conduisit à son carrosse; & dès qu'elle y fut entrée, il se retira, dans la crainte de rencontrer les regards d'Hortense qui, maîtresse de ses mouvemens, ne sembloit prendre aucun intérêt à ce qu'elle avoit vû. Son inquiétude étoit grande cependant, & elle attendoit avec impatience que Madame de Cressy parlât.

Hélas, dit Madame de Cressy, dans quel moment vous êtes venue! J'allois lire dans son cœur; il alloit me confier ce secret qu'il me cache depuis si long-tems. Il m'aime, il le dit, son trouble me l'assure. Je n'ai point perdu l'espérance d'être heureuse; sa tendresse n'est point éteinte, elle n'est que suspendue par ce chagrin que je ne conçois point. Mais ne vous a-t-il ja-

mais rien dit qui ait pû vous le faire deviner ? il paroît avoir de la
confiance & de l'amitié pour vous ,
ne ſçauriez-vous m'inſtruire de ce
qu'il me cache ? Hortenſe l'aſſura
qu'elle ignoroit que le Marquis eût
aucun ſujet de peines. Il en a, Mademoiſelle, il en a , reprit la Marquiſe. Mais quels ſont ces reproches qu'il ſe fait ? il m'a offenſée,
dit-il : ah! qu'il parle , & tout eſt
oublié. Mon Dieu! eſt - il poſſible
que cet inſtant ait été perdu?

Mademoiſelle de Berneil feignit
beaucoup de regret d'avoir inter-
rompu une converſation ſi intéreſſante : elle étoit embarraſſée ; mais
Madame de Creſſy étoit trop occupée de ſes idées , pour s'appercevoir de la contrainte d'Hortenſe.
La maiſon où elles alloient paſſer
quelques jours étoit tout près de
Chelles ; & des fenêtres de l'appartement qu'occupoit Madame de

Creſſy, on voyoit les jardins de l'Abbaye : elle n'avoit point perdu le ſouvenir d'Adelaïde. Cette lettre dont la fin l'avoit ſi fort étonnée, revint dans ſon eſprit ; elle penſa que Mademoiſelle du Bugei pouvoit ſeule lui donner une explication qu'elle n'avoit pû tirer du Marquis. La proximité réveilla ce deſir & cette curioſité qu'elle avoit eu peine à réprimer : mais craignant que ſon nom ne révoltât Adelaïde, ſi elle alloit à Chelles ſans la prévenir, elle lui écrivit avec beaucoup d'amitié, & la pria inſtamment de lui donner une heure où elle pût la voir & l'entretenir.

Adelaïde reſta ſurpriſe de ce meſſage & de cette priere ; ſon premier mouvement fut de ne point voir la Marquiſe. Il lui parut bien dur de l'admettre dans cet aſyle qu'elle avoit cherché contre ſa préſence ; de revoir une des deux perſonnes

qu'elle avoit fui, qui l'avoient forcée à s'ensevelir dans cette retraite. Par quelle cruauté la femme de
M. de Cressy vouloit - elle étaler à
ses yeux un bonheur qu'elle ne lui
envioit plus, mais dont il étoit in-
humain de venir s'applaudir devant elle?

Elle se détermina pourtant à recevoir cette visite qu'elle eût évitée
dans le monde, mais qu'elle crut
ne pouvoir refuser au Couvent ; elle la regarda comme une humilia-
tion que les vœux qu'elle avoit faits
ne lui permettoient pas de s'épar-
gner ; & bannissant une fierté qu'elle crut ne plus convenir à la péni-
tente Adelaïde, elle répondit à la
Marquise, qu'elle la verroit dès qu'-
elle voudroit bien se rendre à l'Abbaye.

Madame de Cressy avoit trop de-
siré cette entrevûe pour la différer ;
elle se rendit à Chelles, & fut con-

duite dans un parloir, où peu de
tems après qu'on l'y eut laiſſée, elle
vit entrer Adélaïde. Son voile étoit
levé, un peu d'émotion animoit ſon
teint : la Marquiſe la trouva plus
belle ſous cet habit, qu'elle ne l'a-
voit jamais vûe ; le ſouvenir de ce
qui le lui avoit fait prendre, l'atten-
drit, elle ne put retenir quelques
larmes en la ſaluant. L'aimable Religieuſe, avec un ſouris où ſe pei-
gnoient la douceur & la tranquillité, s'efforça de lui prouver que ſon
état ne devoit pas lui inſpirer cette
triſteſſe.

Le commencement de leur converſation fut aſſez languiſſante :
mais Madame de Creſſy lui diſant
que, malgré les idées qu'elle pouvoit avoir à cet égard, elle avoit
ſenti une douleur véritable du parti qu'elle avoit pris .... Tout eſt fini, Madame, tout eſt paſſé, tout eſt
oublié, dit la jeune Récluſe, le tems

où j'étois dans le monde eſt déjà loin de mon ſouvenir. Mais, reprit la Marquiſe, comment avez-vous penſé que j'euſſe quelque opinion de votre caractere qui pût être fauſſe ou injuſte ? ce reproche m'a été ſenſible. Je vous aimois tendrement, vous le connoiſſiez, & j'oſe vous aſſurer qu'aucun évenement n'a pû changer mon cœur. Je le crois, Madame, je le crois, interrompit Adelaïde ; je ne me plains pas, je ne puis me plaindre : je dois reſpecter les decrets du ciel, & benir les voies qu'il a priſes pour m'avertir de ne chercher qu'en lui un bonheur que ſans doute il ne m'avoit pas deſtinée à trouver dans le monde.

Hélas, dit Madame de Creſſy, que les agrémens que ce monde procure ſont donnés avec un cruel mélange ! mais, Madame, puiſque vous avez prié qu'on m'aſſûrât de votre pardon, vous avez cru avoir à vous

plaindre de moi. Adelaïde rougit à
ces mots, elle baiſſa les yeux, & reſta dans un profond ſilence. Pourquoi ne voulez-vous pas m'apprendre, continua la Marquiſe, quels
ſont mes torts avec vous? Quoi,
Madame, dit enfin Adelaïde, vous
avez vu cette lettre que je me reproche? le motif qui m'engagea à
l'écrire eſt encore douteux dans mes
idées, & je fis mal ſans doute, puiſque je vois que j'ai pu vous cauſer
de l'inquiétude.

Ah, s'écria la Marquiſe, que n'ai-
je connu votre cœur dans un tems
où je pouvois réprimer le penchant
du mien! pourquoi me préférâtes-
vous Madame de Gerſay? votre confiance eût arrêté les progrès de mon
inclination: vous ſeriez heureuſe, &
j'aurois vû votre félicité ſans l'en-
vier. Madame de Gerſay n'a jamais
ſçu mon ſecret, reprit Adelaïde; je
ne connoiſſois point vos ſentimens;

& quand le hafard me les découvrit, les miens ne pouvoient plus
faire mon bonheur : mais n'en parlons plus, n'en parlons jamais.

Eh pourquoi, dit Madame de
Creffy ? permettez que j'infifte, &
que je vous demande encore ce qui
a pu vous bleffer dans ma conduite
ou dans mes difcours . . . Puifque
vous me forcez de parler , reprit
Adelaïde, j'ai cru pouvoir me plaindre de Madame de Raifel, lorfque
j'ai appris d'elle-même qu'elle m'accufoit de donner des marques d'une
folle paffion, & qu'elle me trouvoit
indigne des vœux d'un homme qu'-
elle avertiffoit de chercher ailleurs
un objet plus eftimable. Moi, s'é-
cria la Marquife, j'ai pu dire ! . . . .
je ne puis vous comprendre . . . . . à
qui l'ai-je dit ? . . . . qui vous fit cet
horrible menfonge ? . . . . Votre lettre s'expliquoit fans détour . . . . . .
Quelle lettre ? . . . . Celle que vous
écriviez

écriviez à M. de Creffy, dans laquelle..... mais encore une fois n'en
parlons plus, ce tems eft oublié; il
doit l'être au-moins; & fi je me fuis
rappellé avec douleur le mépris
que vous avez marqué pour une perfonne qui devoit s'attendre à vous
en infpirer, croyez, Madame, que
ce fouvenir n'a été mêlé d'aucune
aigreur contre vous. Que vous
m'embarraffez, dit la Marquife! je
me fouviens d'avoir parlé de Madame d'Elmont dans les termes que
vous me rappellez : mais je ne conçois ni votre méprife, ni comment
vous avez pu la faire, puifque la lettre où je parlois d'elle n'a pas dû
tomber dans vos mains, & que je n'ai
fçû votre inclination pour M. de
Creffy, que long-tems après votre
départ pour Gerfay. Adelaïde pref-
fée vivement, ne put refufer de s'expliquer ; elle fit à la Marquife un détail qui ne fut que trop exact, & fi.

nit par lui faire entendre qu'il y
avoit apparence que c'étoit elle-
même qui avoit appris à M. de Creffy que Madame de Raifel étoit l'in-
connue qui lui avoit écrit.

L'hiftoire d'Adelaïde, fi confor-
me pour les faits, & fi différente
dans fes circonftances de celle que
le Marquis lui avoit faite, découvrit à Madame de Creffy toute la
fauffeté du caractere de fon mari,
& lui caufa la douleur la plus fenfible. Elle ouvrit fon cœur à Adelaïde, qui mêla fes larmes à celles
qu'elle lui vit répandre. Le fort de
la Marquife lui parut plus fâcheux
que celui qui l'avoit conduite à s'en-
fermer dans ce Monaftere. Elles
fe féparerent avec tous les fentimens d'une fincere amitié, & la
charmante Récluse fe confola de
n'avoir point joui d'un bonheur
qu'un inftant pouvoit changer en
amertume; elle plaignit celle dont

elle avoit envié la félicité ; & pour
toujours à l'abri des peines cruel-
les qui déchiroient le cœur de la
Marquiſe, elle s'applaudit du choix
qu'elle avoit fait,

   Madame de Creſſy revint à Paris
dans une triſteſſe profonde ; toutes
ſes réflexions l'augmentoient , &
rien ne pouvoit la diſſiper. Elle ſe
repentit mille fois d'avoir cherché
ce fatal éclairciſſement ; cette paſſion ſi tendre de M. de Creſſy , cet
amour ſecret qui lui avoit fait ſacrifier celui d'Adelaïde, à l'eſpoir de
poſſéder un jour Madame de Raï-
fel ; ce plaiſir qu'elle goûtoit en ſe
diſant qu'il avoit été un tems où il
l'adoroit, en ſongeant que ce tems
pouvoit renaître , tout s'abîmoit
dans l'affreuſe certitude d'avoir été
trompée ; elle ne voyoit plus dans
le Marquis qu'un ambitieux, que
l'intérêt & la vanité avoient conduit, qui n'avoit préféré en elle

que l'éclat de sa fortune. Ces caresses si tendres, ces transports flatteurs qu'elle s'étoit applaudie tant de fois d'exciter, tout, jusqu'aux plaisirs qu'il avoit paru goûter, avoit été feint; il ne lui restoit pas même la douceur d'imaginer qu'elle lui en eût donné de véritables, qu'elle eût été un seul instant l'arbitre de son bonheur.

La négligence qu'il avoit pour elle, lui parut alors l'état naturel de son ame. Elle pensa que loin de se contraindre, il s'abandonnoit à son indifférence, suivoit des goûts plus vifs ou des fantaisies plus nouvelles. Ce qui avoit fait le charme de sa vie, se peignoit à ses yeux sous les traits d'une illusion fantastique, d'un songe dont le réveil étoit terrible. Mais pourquoi le Marquis avoit-il pleuré à ses pieds? étoit-ce le remords qui faisoit couler ses larmes? qu'importe? ce n'étoit pas l'a-

mour, ce n'étoit pas le retour d'un
cœur qui revînt à elle ; & ce cœur
n'étoit plus celui dont la tendreſſe
pouvoit la flatter. M. de Creſſy n'a-
voit point les vertus qu'elle avoit
aimées en lui ; l'objet de ſon admiration ne méritoit plus que ſon indifférence ou ſes mépris : l'inſtant
où elle fit cette triſte découverte
fut le dernier de ſon repos.

Madame de Creſſy n'avoit pu
cacher à Mademoiſelle de Berneil
qu'elle avoit vû Adelaïde ; mais en
lui confiant que ce qu'elle avoit appris d'elle l'affligeoit ſenſiblement,
elle ne lui avoit donné aucune connoiſſance de ce que c'étoit ; elle ne
vouloit pas avilir le caractere de
M. de Creſſy ; & loin de découvrir
ſes vices à d'autres yeux, elle ſouhaitoit qu'ils ne fuſſent connus que
d'elle , & s'étoit déterminée à les
enſevelir dans ſon cœur.

Hortenſe ne pouvoit douter

qu'elle n'eût été fur le point d'être
facrifiée ; elle étoit revenue avec
un efprit irrité, que des foupçons
fondés aigriffoient encore ; elle fentoit qu'elle alloit perdre M. de Creffy, s'il reprenoit pour la Marquife
ce goût vif, qui ranimant les graces fur l'objet qui l'infpire, ranime
les feux de l'amour, & leur rend
leur premiere ardeur ; elle ne pouvoit fupporter de le voir fe fouf-
traire à fon empire, & craignoit d'ê-
tre la victime d'un tendre raccommodement.

M. de Creffy n'étoit guere plus
tranquille. Rebuté des hauteurs de
Mademoifelle de Berneil, dégoûté
d'un commerce que l'amour du
plaifir lui avoit fait lier, il s'étoit
occupé pendant l'abfence de Madame de Creffy des moyens qu'il
pouvoit trouver d'éloigner Hortenfe, fans trahir un fecret qu'il ne
convenoit pas de révéler à la Mar-

quiſe ; il avoit ſenti l'imprudence
qu'il avoit penſé commettre, & ne
vouloit point expoſer Mademoiſelle de Berneil à l'indignation d'u-
ne femme qui auroit tant de ſujet
de la haïr; il ſe préparoit à conduire cette affaire avec tous les ména-
gemens qu'elle exigeoit, lorſque le
retour de l'une & de l'autre changea toutes les diſpoſitions de ſon
ame.

Hortenſe ſe conduiſit avec toute la fierté d'une fille qui ſe croyoit
offenſée. L'air de triſteſſe répandu
ſur le viſage de la Marquiſe, & la
viſite qu'elle avoit faite à Chelles,
lui fit craindre qu'elle ne fût trop
inſtruite pour leur commun bonheur. Cette crainte ferma ſon cœur
à ce tendre retour qui le ramenoit
vers elle. Il évitoit Hortenſe, &
redoutoit une explication avec la
Marquiſe; il ne pouvoit lever les
yeux ſur deux femmes dont il étoit

aimé, sans trouver sur leur visage
l'apparence du reproche ; il chercha dans le monde des amusemens
qui pussent remplacer ceux qu'il
avoit trouvés chez lui. Insensible-
ment il prit du dégoût pour sa maison, & perdit l'habitude de s'y montrer.

Quoique Madame de Cressy ne
le vît plus qu'avec une émotion
bien différente de celle qu'il lui cau-
soit autrefois, elle ne se sentit point
capable de supporter l'espece de
douleur que cet éloignement lui
donna. Elle ne put s'y accoutumer ;
& cette maison autrefois si aimable
pour elle, lui parut la plus triste des
solitudes lorsqu'elle n'y rencontra
plus l'objet de toutes les peines de
son cœur.

Madame d'Elmont que d'autres
fantaisies avoient occupée , sembloit avoir oublié le goût qu'elle
avoit eu pour M. de Cressy ; mais
le

le voyant reparoître dans le monde avec un air d'ennui & le deſœuvrement, qui paroiſſoit annoncer
que cette grande paſſion qu'il avoit
fait éclater pour ſa femme étoit ſur
ſon déclin, ou peut-être déjà éteinte, elle voulut eſſayer s'il lui réſiſte-
roit encore. L'eſpece de penchant
qu'elle avoit pour lui étoit ſans ja-
louſie comme ſans délicateſſe, &
tous les tems devenoient propres à
le ranimer & à le ſatisfaire.

L'intérêt qu'elle commença de
reprendre à M. de Creſſy, lui fit
chercher à connoître celui de ſa
maiſon; & comme avec des ſoins,
de l'argent & des valets on décou-
vre aiſément tout ce qu'on veut apprendre, quand on ſe permet de pénétrer, par des moyens ſi bas, dans
les ſecrets des autres, Madame d'Elmont ſçut bien-tôt l'intrigue d'Hortenſe avec lui, le lieu de leur ren-

N

dez-vous, & la froideur qui étoit
actuellement entr'eux.

Charmée de ces connoissances,
elle se crut sûre du Marquis ; &
changeant le plan de ses attaques,
en lui montrant qu'elle étoit ins-
truite de tout ce qui se passoit dans
son ame, elle lui marqua seulement
des égards & de l'amitié. Par cette
conduite elle excita sa curiosité ; il
ne pouvoit comprendre comment
elle avoit découvert un secret dont
il se croyoit maître. Le desir de sçavoir par quel moyen elle l'avoit pénétré, l'engagea à la voir, & l'attacha près d'elle. L'adroite Madame d'Elmont lui fit entendre qu'il
étoit des personnes qu'on se sou-
venoit toujours d'avoir connues ;
que les évenemens de leur vie n'é-
toient jamais indifférens ; qu'on aimoit à s'en occuper, & à suivre les
mouvemens de leur cœur, sans mê-

me espérer le bonheur d'en être un jour l'arbitre.

Les hommes nous accusent d'une extrême crédulité pour ce qui flate notre amour-propre ; mais quelle vanité peut se comparer à la foiblesse qu'ils ont sur ce point ? M. de Cressy ne douta point que Madame d'Elmont ne l'eût toujours aimé ; il prit la coquetterie, les démarches hardies qu'il lui avoit fait faire, pour la violence d'un sentiment trop fort pour se contraindre. Il en admira la constance, & crut devoir de la reconnoissance à une tendresse que le tems n'avoit pu détruire ; & soit par choix, par complaisance, ou pour se distraire, il se livra à ce nouvel amusement ; & bien-tôt cette intrigue éclata aux yeux du public avec toute l'indécence dont Madame d'Elmont se plaisoit à décorer ses caprices.

Mademoiselle de Berneil en apprenant que Madame d'Elmont la remplaçât dans le cœur de M. de Cressy, ne put retenir les marques du plus violent dépit. Elle chercha à le voir pour l'accabler de reproches ; mais loin de le ramener par ses emportemens, elle acheva de l'éloigner, & s'en vit enfin abandonnée. Celui qui quelques mois auparavant paroissoit faire tout son bonheur de lui plaire, la livra sans scrupule aux pleurs, aux regrets, à la honte, plus difficiles à supporter que le malheur.

Mademoiselle de Berneil avoit manqué à la reconnoissance, à l'amitié, à ses devoirs, à elle-même : mais M. de Cressy n'avoit-il aucun tort avec elle ? ne doit-on rien à une femme qu'on a aimée ou feint d'aimer ? Avec quelque legereté qu'une partie des hommes traitent ce sujet ; quelque reçu que soit l'usage méprisable d'abuser de la tendresse & de la crédulité d'une femme: que l'homme qui aime l'honneur s'interroge lui-même, qu'il consulte la nature & la vérité, & qu'il se dise s'il est un point sur lequel la trahison & la fausseté soient permises; s'il a le droit d'échauffer dans notre cœur le germe du sentiment, qui peut-être y resteroit toujours sans éclore, s'il ne l'animoit pas par l'ardeur de ses empressemens, pour répandre ensuite l'amertume dans l'ame de celle qui ne partage ses desirs que pour les combler, & n'y cede que pour le rendre heureux.

De quelque façon que pensât Mademoiselle de Berneil, sa situation chez M. de Cressy devoit la lui rendre respectable. Le besoin qu'elle avoit d'un asile méritoit les plus grands égards: étoit-ce à lui de séduire une fille qui vivoit sous sa protection, & devoit-il jamais la traiter avec dureté? O vous, qui payez d'un prix si cruel les faveurs que vous recevez, comment osez-vous vous plaindre quand on vous en refuse?

Dans la violence de ses premiers mouvemens, Hortense fut tentée de s'adresser à Madame de Cressy, de l'exciter contre sa rivale & contre un infidele dont le choix bisarre devoit la révolter: mais qu'attendre de cette démarche? la Marquise n'étoit pas faite pour ressentir des transports furieux, encore moins pour en répandre l'éclat au-dehors; elle avoit un de ces cœurs tendres qui tournent tout contre eux-mêmes, & dévorent en secret leurs peines.

Elle portoit au fond du sien une blessure que le tems ne pouvoit fermer, & qui devenoit chaque jour plus douloureuse; mais loin de

prendre aux yeux des autres cet air
de diſgrace, que le chagrin répand
ſur le viſage, elle s'efforçoit de paroître la même; & comme elle ne
parloit jamais de M. de Creſſy, perſonne ne s'empreſſoit à lui apprendre le ridicule dont il ſe couvroit.

Un jour qu'elle venoit de dîner
à la campagne, en paſſant dans un
fauxbourg ſon poſtillon donna en
l'air un coup de fouet au milieu d'u-
ne troupe d'enfans qui jouoient &
embarraſſoient le paſſage. Dans
l'empreſſement dē ſe ranger un de
ces enfans tomba ſous les pieds des
chevaux. Madame de Creſſy qui le
vit, pouſſa un cri perçant. On arrêta à tems, & l'enfant fut retiré
ſans avoir aucun mal. La Marquiſe
allarmée de cet accident, étoit deſ-
cendue de ſon carroſſe; elle s'étoit
fait apporter l'enfant; & careſſant
cette innocente petite créature,
elle fut ſi touchée en ſongeant qu'-

elle avoit pensé causer sa mort, qu'-
elle parut prête à s'évanouir. La
mere de l'enfant qui venoit de recevoir des marques de sa libéralité,
l'invita à entrer chez elle pour se
remettre de sa frayeur, & lui offrit
tous les secours qui pouvoient ranimer ses esprits. La Marquise accepta ses offres. L'appartement que
cette femme lui ouvrit, étoit meu-
blé d'un goût si noble & si recherché, que Madame de Cressy s'étonna qu'une personne dans la condi-
tion simple où elle lui paroissoit,
fût logée d'une façon si distinguée.
Cette femme vit sa surprise, & lui
avoua que la maison lui apparte-
noit, mais qu'un Seigneur de la Cour
l'avoit fait orner comme elle la
voyoit, & la louoit depuis un an
pour y recevoir quelquefois une
jeune personne qu'il avoit épousée
malgré son peu de fortune, & dont
le mariage avec lui étoit fort secret.

Madame de Creſſy paſſa dans le jardin qui n'étoit formé que par quatre
boſquets & un parterre rempli des
plus belles fleurs. En ſe baiſſant pour
en prendre une, elle vit briller quelque choſe dans le ſable ; elle en a-
vertit cette femme qui la ſuivoit,
& lui montra l'endroit où elle a-
voit vû. La maîtreſſe de la maiſon
ayant ramaſſé ce que la Marquiſe
avoit apperçu, fit éclater la plus
grande joie en voyant que c'étoit
un cachet ; elle lui dit qu'il étoit à
ce Seigneur dont elle venoit de lui
parler ; qu'il l'avoit fait chercher
avec beaucoup de ſoin, & paroiſſoit très-fâché de n'avoir pu le retrouver. Madame de Creſſy qui ne
penſoit pas qu'une telle perte méri-
tât d'occuper, fut curieuſe de voir
ce cachet ; elle le prit, & l'eut à peine regardé, qu'elle pâlit. Elle en re-
connut la pierre qui étoit très-rare,
& ſes armes gravées deſſus ne lui

laiſſerent aucun doute que cette
maiſon ne fût à M. de Creſſy. La
ſeule idée de ſe voir dans des lieux
où il la fuyoit, où il en cherchoit
une autre, lui cauſa tant de douleur, qu'en traverſant l'appartement
pour regagner ſon carroſſe, elle fut
obligée de ſe jetter ſur un ſiege, où
malgré ſes efforts, des larmes ame-
res s'échapperent de ſes yeux.

Pendant qu'elle s'affligeoit d'une
découverte qui la conduiſoit à en
faire de plus fâcheuſes encore, Mme
d'Elmont qui alloit ſouper un peu
au - delà de ce même fauxbourg,
paſſant devant cette maiſon qu'elle
connoiſſoit très - bien, y voyant un
carroſſe arrêté & pluſieurs laquais
à la livrée de Creſſy, imagina que
le Marquis au lieu d'être à Verſailles
où elle le croyoit, s'étoit raccom-
modé avec Mademoiſelle de Berneil, pour qui cette maiſon avoit
été louée, & qu'il y étoit avec elle:

remplie de cette idée, & fans faire
attention qu'il n'alloit point dans
ce lieu avec cette fuite ni cet éclat,
elle trouva très-plaifant de les y
furprendre, & de voir comment
Hortenfe foûtiendroit cette avan-
ture ; elle fit arrêter fon carroffe, en
defcendit, & frappa elle-même à la
porte avec une vivacité qui ne
l'abandonnoit jamais. On lui ouvrit, elle entra ; & jamais furprife
ne fut égale à celle de ces deux
perfonnes, en fe voyant dans un
lieu où elles s'attendoient fi peu
de fe rencontrer.

En jettant les yeux fur Madame
d'Elmont, la Marquife ne douta
point qu'elle ne vînt dans cette
maifon pour y chercher M. de Creffy ; & la crainte de le voir arriver,
la fit lever avec précipitation pour
en fortir : mais la force lui man-
quant, elle retomba fur le fiege où
elle étoit ; & baiffant triftement la

tête, elle resta dans cette situation sans pouvoir prononcer un seul mot.

Madame d'Elmont dont l'imagination vive travailloit pendant ce tems, arrangea tout de suite un événement dans son idée; & parlant de ce qu'elle croyoit devoir être arrivé : quoi, Madame, dit-elle à la Marquise, vous avez de ces enfances? vous venez ici surprendre un infidele & quereller une rivale? Mais comment! des larmes, de l'accablement! eh, bon Dieu, qui vous auroit cru si foible! Mais que s'est-il donc passé? où est le Marquis? qu'avez-vous fait d'Hortense? est-elle retournée au Couvent? comment vous êtes-vous séparées?

Madame de Cressy ne comprenoit rien à ce langage; elle étoit révoltée de la hardiesse de Madame d'Elmont; le nom d'Hortense mêlé dans ces queſtions, augmentoit ſon embarras; elle ne pouvoit ſe déterminer à lui répondre. Par quel haſard, Madame, dit-elle enfin, vous trouvez-vous ici? qui vous fait chercher à pénétrer des ſecrets que rien n'engage à vous confier? pourquoi penſez-vous qu'Hortenſe eſt au Couvent? quelle raiſon ai-je de me ſéparer de mon amie? ſçait-elle que M. de Creſſy à cette maiſon? eſt-ce à elle qu'il feroit une pareille confidence? que voulez-vous dire quand vous me demandez de quelle façon nous nous ſommes quittées?

En vérité, reprit Madame d'Elmont, vous faites mon admiration; rien n'eſt plus beau que de ménager avec tant de ſoin la réputation d'une fille qui paye vos bienfaits de la plus noire ingratitude; qui, après vous avoir enlevé le cœur de votre mari, l'a banni de chez vous par l'aigreur de ſon caractere. Feindre d'ignorer

qu'elle eſt la maîtreſſe du Marquis,
nier que vous l'avez trouvée ici,
ou du-moins que vous l'y cher-
chiez, aſſurément Madame c'eſt
porter la bonté auſſi loin qu'elle
peut aller.

Madame de Creſſy impatientée
du ton & des propos de la Marquiſe
d'Elmont, traita de calomnie tout
ce qu'elle avançoit ſur Mademoiſelle de Berneil: mais Madame d'Elmont voulant la convaincre qu'elle
n'avoit rien dit qui ne fût vrai, appella la maîtreſſe de la maiſon qui
s'étoit retirée; & lui montrant une
boëte qu'elle avoit priſe à M. de
Creſſy, elle l'ouvrit, lui fit voir un
portrait qui étoit ſous un ſtord,
qu'elle leva par le moyen d'un reſ-
fort, & lui ordonna de dire ſi ce
n'étoit pas celui de la jeune Dame
pour laquelle on avoit embelli ce
ſéjour. Cette femme interdite ne put
réſiſter à l'air d'autorité dont Ma-

dame d'Elmont lui parloit : elle convint de tout.

Quel moment pour Madame de Creſſy ! trahie par l'objet de ſon amour, par celui de la plus tendre amitié ; éclairée ſur ſon malheur par une perſonne qui ſembloit en jouir, prendre plaiſir à voir couler ſes larmes ; par une femme qu'elle voyoit aſſez qu'un mouvement jaloux avoit conduite dans ce lieu : étoit-il un état plus triſte que le ſien ?

Elle ſe leva pour ſortir, & ſe tournant vers Madame d'Elmont : ah, Madame, lui dit-elle, comment M. de Creſſy a-t-il pû vous inſtruire d'une intrigue ſi odieuſe, en ſacrifier l'objet, & faire éclater ce que tant de raiſons l'obligeoient à cacher ! Eh, pourquoi m'avez-vous découvert cet affreux ſecret ? à quel titre en êtes-vous dépoſitaire ? Hélas, ſi l'on m'eût dit il y a une heure que

j'étois heureuse, on m'auroit révoltée! je l'étois pourtant, oui je
l'étois, si je compare ce que je sen-
tois à ce que j'éprouve à-présent.
En finissant ces mots, elle quitta
cette maison fatale & Madame
d'Elmont, sûre qu'une femme qui
connoissoit si bien le Marquis, n'é-
toit pas une simple confidente.

La Marquise croyoit avoir senti
toutes les peines qu'un amour sincere & mal reconnu peut causer;
elle pensoit que cesser d'être aimée,
s'assurer qu'on avoit toujours été
trompée, étoient des maux qui ne
pouvoient souffrir d'accroissement:
elle ne connoissoit point l'horrible
tourment d'une jalousie sans incer-
titude, de cet état où l'on est sûr
de l'abandon d'un ingrat, du bonheur d'une rivale qui jouit de nos
pertes, dont on s'exagere les plaisirs, que l'on se peint sans cesse au
milieu des douceurs qu'on regrette

sans

sans espoir de les goûter jamais : ah, quand un infidele reviendroit à nous, quand il nous rendroit son cœur, pourroit-il jamais nous rendre ce charme inexprimable attaché à la préférence ! Quelqu'un a dit qu'on pardonne tant que l'on aime : mais peut-on aimer encore, quand on a besoin de pardonner ?

Madame de Cressy rentra chez elle oppressée par un saisissement qui lui laissoit à peine la force de se soutenir. Elle demanda si Mademoiselle de Berneil y étoit ; & sçachant qu'elle étoit sortie, elle chargea une de ses femmes de l'empêcher d'entrer lorsqu'elle reviendroit. La joie que cette femme fit paroître en recevant cet ordre surprit la Marquise ; elle voulut en sçavoir la raison, & comprit par ce qu'elle lui dit, que personne dans l'hôtel n'ignoroit ce qu'elle venoit d'apprendre. Hortense étoit chérie

O

des gens de Madame de Creffy, qui
attachés à leur maîtreffe, regardoient Mademoiselle de Berneil
comme la caufe des chagrins dont
elle ne retenoit pas toujours les
marques lorfqu'elle étoit feule. Cette connoiffance fut fenfible à la
Marquife : jufte ciel, s'écria-t-elle !
voilà donc tout le fruit de cette
union fi defirée, qui fembloit m'é-
lever au comble de la félicité, rejettée d'un ingrat, trahie par celle
que j'ai fi tendrement recueillie !
malheureufe dans ma propre maifon, j'y fuis l'objet de la pitié de
mes valets ! Elle recommanda le filence à cette femme ; & trop sûre
d'avoir été le jouet de deux perfi-
des, elle s'abandonna à toute l'a-
mertume dont cette idée pénétroit
fon cœur. Le lendemain, quoiqu'-
elle fe fentît très-malade, elle partit de grand matin, fans autre com-
pagnie que deux de fes femmes,

pour une terre qu'elle avoit à dix lieues de Paris. Ce fut-là qu'elle conſidéra avec attention ſon état préſent, & celui que l'avenir lui promettoit.

Cette femme ſi aimable, ſi deſirée, dont l'heureux poſſeſſeur excitoit tant d'envie, dont le ſort étoit ſi brillant avant qu'elle connût M. de Creſſy; à-préſent accablée de douleur, n'enviſagea plus qu'un malheur continuel dans le reſte de ſa vie. Le ſentiment qu'elle ne pouvoit éteindre, n'étoit plus qu'un triſte mouvement qui portoit le deſeſpoir dans ſon ame. Elle chercha dans ſes principes, dans la force de la morale, des reſſources contre l'ennui dont elle étoit preſſée : mais que peut la raiſon contre une paſſion qui nous maîtriſe, qui tient à nous, qui eſt en nous, qui fixe & abſorbe toutes nos idées ?

Semblable à un jeune enfant qui

O ij

entouré de mille jouets ne s'amuse
que d'un seul; qui si on le lui enleve,
crie, gémit, jette & brise tous les
autres : notre cœur attaché à l'objet qu'il préfere, qu'il chérit, dédai-
gne tous les biens qui semblent lui
rester. Eh, que sont-ils ces biens,
comparés à l'amour qu'on ressent,
qu'on croyoit inspirer ! qu'attendre
du tems, du retour de sa raison ?
une triste langueur, une insipide
tranquillité, un vuide affreux, plus
à craindre mille fois pour une ame
sensible que les peines les plus ame-
res que le sentiment puisse lui faire
éprouver.

Quelque inconsidérée que fût
Madame d'Elmont, elle avoit senti
du regret de ce qui s'étoit passé ;
elle n'en avoit point parlé à M. de
Cressy. En revenant de Versailles,
il sçut que la Marquise étoit à la
campagne. Comme elle faisoit bâ-
tir dans ce lieu, elle y alloit assez

ſouvent ; il fut ſurpris qu'elle n'eût
point mené Hortenſe ; mais il ne
fit pas grande attention à cette nou-
veauté. Mademoiſelle de Berneil en
étoit fort inquiete ; mais le Marquis
ne partageoit plus ſes chagrins.

Madame de Creſſy, après avoir
reſté huit jours à réfléchir dans ſa
ſolitude, prit le ſeul parti qui lui parut capable de terminer toutes ſes
peines. Depuis long - tems elle ne
voyoit preſque plus le Marquis ;
elle ſentoit même qu'elle ne pouvoit plus le voir avec plaiſir ; ſa ſanté s'affoibliſſoit tous les jours ; le
ſommeil n'étoit plus connu d'elle ;
une noire mélancolie lui rendoit
tout importun & deſagréable : elle
ne voulut pas attendre d'un long
dépériſſement la fin d'une vie ſi languiſſante ; elle ſe détermina à en
abreger le cours.

Madame de Creſſy revint à Paris ;
elle reçut Mademoiſelle de Berneil

d'un air froid, & lui parla sans aigreur & sans aucune marque de dégoût pour elle : elle s'occupa tout
le jour à mettre en ordre des pa-
piers, qu'elle cacheta avec soin ; elle
distribua des présens à ses femmes,
& parut s'amuser à leur faire choisir
ce qu'elles aimoient le mieux dans
les choses qu'elle leur destinoit ; elle
étoit moins triste qu'à l'ordinaire ;
le parti qu'elle avoit pris calmoit
son ame, & lui rendoit toute la liberté de son esprit ; elle donna à
Mademoiselle de Berneil une très-
belle boëte : tenez, Mademoiselle,
lui dit - elle en la lui présentant,
gardez soigneusement le présent
que je vous prie d'accepter ; il
vous rappellera un évenement qui
pourra vous faire réfléchir, & ré-
veiller dans votre cœur des sentimens que je souhaite que vous
n'ayez pas perdu pour toujours ; &
lui faisant signe de la main de ne

point lui répondre, elle continua ſes arrangemens. Lorſqu'elle eut fini, elle donna ordre qu'à quelque heure que le Marquis rentrât, on lui dît qu'elle vouloit lui parler. A minuit elle demanda du thé, on lui en apporta; elle s'aſſit pour en prendre, elle en prépara une taſſe dans laquelle elle jetta une poudre qu'elle dit à Mademoiſelle de Berneil, qu'on l'avoit aſſurée qui procuroit du repos; elle la poſa ſur la table pour la laiſſer infuſer. Il étoit une heure lorſque le Marquis rentra, & vint dans la chambre de Madame de Creſſy, qu'il trouva s'entretenant paiſiblement avec Hortenſe.

La Marquiſe ſe leva pour le recevoir; Mademoiſelle de Berneil voulut ſortir, mais elle la retint: reſtez, Mademoiſelle, lui dit-elle, il ne ſe paſſera rien ici qui doive être un ſecret pour vous; & s'étant remiſe à ſa place, elle pria M. de Creſſy d'a-

chever de remplir la taſſe qui lui
reſtoit à prendre & de la lui donner:
il le fit ; & la Marquiſe la recevant
de ſa main , lui dit avec un regard
bien expreſſif, s'il eût pu l'entendre, qu'elle étoit charmée que ce
fût lui-même qui la lui eût préſen-
tée. Comme elle vouloit gagner du
tems, elle lui parla de beaucoup de
choſes qui avoient rapport à des affaires qui le regardoient. Enſuite
faiſant ſonner ſa montre, & jugeant
que l'heure étoit aſſez avancée : je
vais vous inſtruire, Monſieur, lui dit-
elle, de ce qui m'a fait ſouhaiter de
vous voir & de vous parler. Alors elle prit un petit coffre de la Chine qui
étoit près d'elle, elle l'ouvrit ; & en
ayant tiré deux paquets cachetés,
elle en donna un à Mademoiſelle de
Berneil : voici, Mademoiſelle, lui dit-
elle l'accompliſſement de la pro-
meſſe que je fis à votre mere lorſqu'elle vous remit dans mes bras &
confia

confia votre fortune à mes ſoins : je
n'ai que depuis peu le brevet de votre penſion, il eſt ſous cette enve-
loppe ; & ce que j'y ai joint peut
vous procurer une vie douce & ai-
ſée dans quelque lieu que vous de-
ſiriez de vivre. Je n'ai rien à vous
dire de plus ; en vous obligeant je
me ſuis ôté le pouvoir de me plaindre de vous. Et donnant à M. de
Creſſy l'autre paquet : gardez cela,
Monſieur, continua-t-elle, juſqu'au
moment où vous ſentirez la néceſſi-
té de l'ouvrir. J'attends de votre
complaiſance que vous voudrez
bien vous conformer à mes intentions ; je n'en ai jamais eu de contraire à vos intérêts, & le peu dont
je diſpoſe ne vous fait aucun tort.

M. de Creſſy ſurpris de ce langage, interdit, les yeux fixés ſur elle,
voyant qu'elle attendoit ſa réponſe, la preſſa de s'expliquer, avec
toutes les marques de la plus vive

inquiétude fur ce qu'elle alloit dire.

Vous allez perdre pour jamais, Monfieur, reprit la Marquife, une amie dont vous n'avez pas connu le cœur ; j'ofe croire que vous l'auriez traitée moins durement fi vous aviez pu juger de l'efpece de fentiment qui l'attachoit à vous. Vous l'avez toujours trompée, cette amie ; vous l'avez négligée, trahie, abandonnée ; vous en avez agi avec elle comme fi vous aviez penfé qu'elle étoit fans intérêt fur vos démarches. Je ne fouhaite pas que vous la regrettiez affez pour que fon fouvenir trouble la tranquillité de votre vie ; mais je ne veux pas penfer affez mal de vous pour croire que fa mort caufée par vous - même vous foit tout - à - fait indifférente.

Sa mort ; ah, Dieu ! qu'avez-vous dit ? quoi ? qui doit mourir, s'écria le Marquis tranfporté ? fe pourroit-il, Madame?....détruiſez l'affreux ſoupçon qui s'éleve dans mon cœur : auriez-vous pu?...

Modérez ces mouvemens, Monſieur, reprit froidement Madame de Creſſy, ils ne peuvent plus m'en impoſer. J'ai trop connu le fond de votre ame ; mais je ne veux point me plaindre, tout eſt fini pour moi. J'ai cru pendant long-tems tenir de votre main tout le bonheur dont je jouiſſois, tous les biens dont j'étois environnée : cette erreur eſt diſſipée, pour jamais diſſipée ; mais c'eſt de cette main autrefois ſi chere, que je viens de prendre ce qui va terminer des jours qui me ſont devenus inutiles, même odieux depuis que j'ai pu me dire, m'aſſurer que je ne vous rendois point heureux.

M. de Creſſy n'entendit point ces dernieres paroles ; il s'étoit levé & avoit envoyé chercher du ſe-

cours; fes cris, fes ordres précipi-
tés, fon trouble, fon effroi, lui laif-
foient à peine l'ufage de la raifon :
il fe précipita dans les bras de Madame de Creffy, il la ferroit dans.
les fiens, il la conjuroit de recevoir
tous les fecours qu'il pouvoit lui
procurer; elle n'en voulut aucun.
Elle s'efforçoit de le calmer : épar-
gnez-vous des foins inutiles, lui dit-
elle ; ne faites point un éclat fâcheux; dans quelques inftans je ne
ferai plus, rien ne peut me fauver.
Je fuis fûre de ce que je vous dis.

Qu'avez-vous fait, cruelle, s'é-
cria M. de Creffy fondant en larmes ? avez-vous pu me forcer à vous
donner moi-même? ... ah, que ne
vous vengiez-vous fur moi ? Hélas, fçavez - vous quel fentiment
m'éloignoit de vous? fe peut-il que
la crainte de vous avoir trop offen-
fée, ait pu m'arrêter? que n'ai-je
ofé me confier dans vos bontés? ....

Et vous qui ſoutenez cet horrible ſpectacle , dit-il à Mademoiſelle de Berneil , que l'étonnement rendoit immobile , pouvez-vous offrir à ſes yeux votre barbare tranquillité ? Sortez , Mademoiſelle , ſortez ; que faites-vous ici ? ah , deviez-vous jamais y paroître !

Madame de Creſſy , quoique fort affoiblie , fut touchée de ce que le Marquis venoit de dire : ah ! ne mortifiez pas cette fille déjà trop malheureuſe , lui dit - elle ; n'ajoûtez pas aux reproches qu'elle doit ſe faire ; vous l'avez aſſez punie. Je vous pardonne à tous deux ; pardonnez-moi la douleur que je vous cauſe dans ce moment. Calmez-vous , ne m'ôtez pas la douce conſolation de penſer que je vous laiſſe heureux. Ceux que le Marquis avoit envoyé chercher , arriverent alors ; la Marquiſe céda aux inſtances de M. de Creſſy , elle prit ce qu'il lui

préſenta ; mais tout fut ſans effet. Il
la tenoit dans ſes bras, il la baignoit
de ſes larmes, il ne pouvoit renoncer à l'eſpoir de la retirer de ce funeſte état. Vivez, Madame, lui di-
ſoit-il, vivez pour retrouver en moi
un ami , un époux, un amant qui
vous adore. Ses careſſes , ſes expreſſions paſſionnées , ranimerent
Madame de Creſſy, une couleur vive bannit ſa paleur ; ſes traits doux
& charmans reprirent tout leur
éclat ; la joie ſe peignit ſur ſon viſage. Je meurs contente , s'écria-t-
elle, puiſque je meurs dans vos bras,
honorée de vos regrets, & baignée
de vos larmes. Ah ! preſſez-moi,
preſſez-moi dans ces bras autrefois
le temple du bonheur pour l'infortunée qui n'a pu vivre & s'en voir
rejettée : que j'expire ſur ce ſein
chéri ; qu'il s'ouvre, & que mon ame
s'y renferme ! Elle perdit alors la
connoiſſance ; & rien ne pouvant la

retirer de l'aſſoupiſſement où elle tomba, ſur les quatre heures du matin elle s'endormit du ſommeil de la mort.

Il fallut arracher des bras de M. de Creſſy ce qui reſtoit d'une femme ſi aimable, ſi digne de ſon amour, & dont il ne vouloit plus ſe ſéparer, lorſque les marques de ſa tendreſſe lui étoient inutiles. On l'enleva d'auprès d'elle & de cette chambre funeſte : il fallut veiller ſur lui pour le dérober à ſa propre fureur. Une fievre ardente & des tranſports violens le conduiſirent aux portes du tombeau ; il crioit dans ſon égarement, qu'on éloignât deux furies qui déchiroient le cœur de la Marquiſe & le ſien. Revenu à lui-même, ſa ſanté rétablie, il ne revit jamais Hortenſe ni la Marquiſe d'Elmont; l'une l'oublia, l'autre retourna dans ſa retraite pleurer une amie qu'elle regretta toujours,

& des fautes qu'elle ne put fe pardonner.

M. de Creffy ne put fe confoler;
Adelaïde facrifiée pour lui, Madame de Raifel morte dans fes bras,
formerent un tableau qui fe repré-
fentant fans ceffe à fon idée, em-
poifonna le refte de fes jours.

Il fut grand, il fut diftingué; il
obtint tous les titres, tous les honneurs qu'il avoit defirés: il fut riche,
il fut élevé, mais il ne fut point
heureux.

F I N.

ERRATA de l'hiſtoire du Marquis de Creſſy.

PAge 2. dern. lig. l'art de cacher des vices, liſ. l'art de cacher ſes vices.

Page 37. lig. 16. parmi tant de Seigneurs jeunes, liſ. parmi tant de Seigneurs, jeunes.

Page 46. lig. 19. que vous dirai-je, liſ. que vous dirois-je ?

Page 53. lig. 10. ſe promenoit, liſ. ſe promena.

Page 56. lig. prem. ſe graverent, liſ. le graverent.

Page 59. lig. 2. avoit les mœurs, liſ. avoit des mœurs.

Page 65. lig. 10. lui rendit la raiſon, liſ. lui rendit ſa raiſon.

Page 68. lig. 22. elle réitéra avec, liſ. elle réitéra ſa demande avec.

Page 105. lig. 3. s'amuſant à étudier un air, liſ. s'amuſant un ſoir à étudier un air.

Page 106. lig. 3. cérémonie de la

consécration à, *lis.* cérémonie de sa consécration à.

Page 109. *lig. dern.* & c'eſt ce noble, *lis.* & ce noble.

Page 133. *lig.* 17. fut aſſez languiſſante, *lis.* fut aſſez languiſſant.

Page 137. qui devoit s'attendre à vous en inſpirer, *lis.* qui ne devoit pas s'attendre à vous en inſpirer.

Page 140. *lig.* 13. elle penſa que loin de ſe, *lis.* elle penſa que las de ſe.

Page 142. *lig.* 7. qui ranimant les graces, *lis.* qui ramenant les graces.

Page 145. *lig.* 2. d'ennui & le deſœuvrement, *lis.* d'ennui & de deſœuvrement.

Page 147. *lig.* 10. il prit la coquetterie, *lis.* il prit ſa coquetterie.

Même page, *lig.* 11. les démarches hardies qu'il lui avoit, *lis.* les démarches hardies qu'elle lui avoit.

Page 148. *lig.* 3. la remplaçât, *lis.* la remplaçoit.

Même page, *lig.* 14. plus difficiles, *lis.* plus difficile.

Page 156. *lig.* 7. & parlant, *lis.* & partant.

Page 159. *lig.* 5. par celui de la plus tendre, *lis.* par celui de sa plus tendre.

Page 161. *dern. lig.* Hortense étoit chérie, *lis.* Hortense étoit haïe.

www.ingramcontent.com/pod-product-compliance
Lightning Source LLC
Chambersburg PA
CBHW070843030726
47504CB00005B/1204